人间医味

袁魁昌　王传新　孔令华　主编

北　京
冶　金　工　业　出　版　社
2020

内 容 提 要

本书分为时光不匿善举、脉脉温情常在、山高水长家国3个篇章，共计54个故事，全面展现了山东大学第二医院人用爱心、执着、信念和梦想，彰显社会正能量，汇聚人间大爱的善举。在齐鲁大地上，这些涌现出的温暖故事，是人文精神的回归，是医学大爱的传承，彰显了山东大学第二医院蓬勃发展的伟大力量。

图书在版编目（CIP）数据

人间医味／袁魁昌，王传新，孔令华主编．—北京：冶金工业出版社，2020.7

ISBN 978-7-5024-8380-7

Ⅰ．①人…　Ⅱ．①袁…　②王…　③孔…　Ⅲ．①故事—作品集—中国—当代　Ⅳ．①I247.81

中国版本图书馆CIP数据核字（2020）第028261号

出 版 人　陈玉千
地　　址　北京市东城区嵩祝院北巷39号　邮编　100009　电话　(010) 64027926
网　　址　www.cnmip.com.cn　电子信箱　yjcbs@cnmip.com.cn
责任编辑　李培禄　美术编辑　吕欣童　版式设计　吕欣童　孙跃红
责任校对　郑　娟　责任印制　李玉山
ISBN 978-7-5024-8380-7
冶金工业出版社出版发行；各地新华书店经销；北京联合互通彩色印刷有限公司印刷
2020年7月第1版，2020年7月第1次印刷
169mm×239mm；14印张；226千字；212页
98.00元

冶金工业出版社　投稿电话　(010) 64027932　投稿信箱　tougao@cnmip.com.cn
冶金工业出版社营销中心　电话　(010) 64044283　传真　(010) 64027893
冶金工业出版社天猫旗舰店　yjgycbs.tmall.com

（本书如有印装质量问题，本社营销中心负责退换）

《人间医味》编委会

主　编　袁魁昌　王传新　孔令华

副主编　张瑞雪　王厚江

编　委　郝　爱　张　静　林　雨　饶经伦

前　　言

医院，总给人冰冷的感觉，是浓缩了欢乐悲伤的地方。在这里，每天迎接着许多新生命的到来，也目送着许多生命的离去。

如果世间有奇迹，那一定有医者的创造。医者，因生命而伟大。我们在距离生死最近的地方，以医味体察人间百味；在心底最柔软的深处，我们以仁心传递着大爱。

千年古城，扁鹊故里。济南，一座因爱而温暖的城市。在这里，山东大学第二医院秉承百年齐鲁医学的血脉，胸怀为人类健康事业奋斗的梦想，从一片“荷园”中起步，在扁鹊故里奋进。

“敬佑生命、救死扶伤、甘于奉献、大爱无疆。”习近平总书记用 16 个字概括了广大医务工作者的精神。无影灯下的废寝忘食、柳叶刀尖的精研极虑、灾难一线的大爱无疆……在这里，你是性命相托，我以仁术相报：卧床问诊的 79 岁儿外科专家陈雨历、半蹲一小时为手术患儿播放动画片的护士张慧、跪地施救跳河轻生女的护士吕凡、客串“接生婆”紧急助产的甲状腺外科医生刘佳宁、勇扶跌倒老人并垫付医药费的麻醉师雷丽恰、用近万次球囊按压挽救新生儿的援华池队员朱晓波……爱的温度是多少？白衣天使给了我们最好的答案。

微光成炬温暖一座城，我们将 54 个温暖瞬间定格，品读生命里最深切的遇见：

这一帧帧暖心的画面，真实地发生在你我身边，每一次暖心举动，都是他们发自内心的温暖；

这一段段深情的文字，承载着温暖人心的记忆，散发出耀眼的光芒，震撼着你我的心灵；

这一个个感人的瞬间，让医患饱含温情，让医院充满温暖，向社会传递温度，“有温度的医院”品牌越擦越亮！

一滴水，纵使渺小也能润泽心田；一盏灯，即使微弱也会带来温暖和光明。在这里，感谢山大二院医务工作者的付出，是你们的认真，让更多的病患痊愈；是你们的奉献，让医院由冰冷转向温暖；是你们的存在，让爱的定义更加宽泛。

“红日初升，其道大光。河出伏流，一泻汪洋。”那些打动我们内心的柔软力量，汇聚成河，汇聚成光，汇聚成引领我们前行的磅礴力量。

编　者

2020 年 3 月

目　录

【时光不匿善举】

【脉脉温情常在】

【山高水长家国】

【时光不匿善举】

SHIGUANG BUNI SHANJU

病榻上的问诊

2018 年 3 月 19 日，在山东大学第二医院保健科病房，79 岁的小儿外科教授陈雨历刚刚做完腰椎间盘突出手术两天，正处于绝对卧床的恢复期。

下午 3 点 15 分，护士刚刚撤下陈雨历输完的液体袋，护士长张华岩便匆匆走进病房："陈教授，外面有一位病号的家属，想让您给看看片子，您这身体……"

还没等张华岩说完，陈雨历就爽快地说："让他进来吧，我没事。"在门外等候的是来自莱芜的亓先生，他正在为身患巨结肠的 12 岁女儿而焦虑不堪，急速发展的病情，让孩子的生命面临危险，而陈雨历则成为他最后的"救命稻草"。

来到陈雨历床边的亓先生显得有些手足无措，陈雨历用笑容化解了他的尴尬："片子给我看看，快说说孩子的病情吧。"

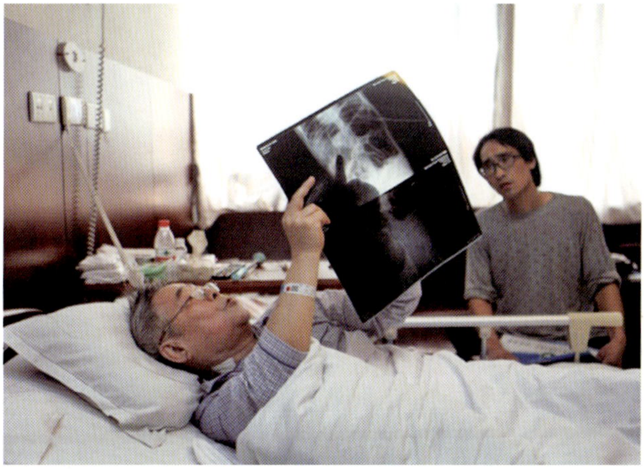

于是，陈雨历在床上躺着看起了片子，而亓先生则坐在床边，接受陈雨历的问诊。

这一刻，医生和患者的位置交换了，但医生对患者的关怀以及患者对医生的信赖，却丝毫没有改变。

20 分钟后，亓先生带着陈雨历的医嘱走出了病房。

陈雨历挪动着上身，在家人的帮助下艰难地转了个身，对床边的女儿说："把药盒拿给我吧。"他缓缓地从药盒里拿出两粒镇痛药，和着水吞了下去，随即，在病床上睡着了。

住院之前，陈雨历一直坚持在周一上午看普通门诊，周三上午看知名专家门诊，周四参加科室大查房，直到住院的前两天，他还在门诊为小病号诊治。

在病人眼里，陈雨历就是亲人。陈雨历认为，作为一名医生，只有拿病人当亲人一样对待，你才能更好地负起那份责任。

40 年间，全国各地慕名而来的患者不计其数，陈雨历成了国内千千万万患者口口相传的大医，成为了无数父母最后的希望，也成为了无数被病魔折磨的患儿们心中最后的守护者。

陈雨历说："我这一生里面，最宝贵的是什么？ 我最宝贵的，是我的小儿外科和我的医学。"

致敬语：

身卧病榻，不忘病人疾患。

八十高龄，仍葆医者初心。

大医精诚，大慈恻隐。

一生杏林步履，把脉不问晨昏。

跨越8年的800元钱

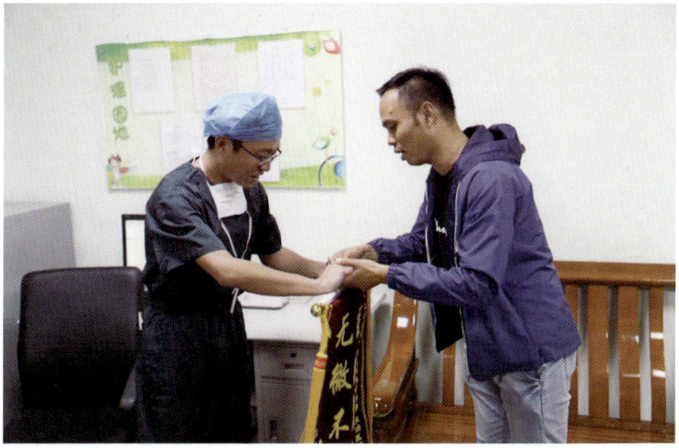

2018年10月16日，山东大学第二医院血管外科医生办公室里，一名青年男子激动地握住医生吴鹏的手："我可找到您了！"随即，他从上衣口袋里拿出一叠百元钞票，"这是给您的，谢谢！谢谢！"这叠钞票并不是患者给医生的诊疗费，而是源于8年前吴鹏无意间的一次善举。

2010年，家住菏泽的48岁的老丁患尿毒症4年时，手腕上又长出了血管瘤。因当地医院无法治疗，老丁的妻子便同他一起前往省城的山大二院进行治疗。

自从2006年患上尿毒症之后，每周2次、每次近500元的透析费用，已经让老丁这个农村家庭捉襟见肘。当年9月，老丁的妻子向自家姐妹借了4000元钱，加上手里原有的五六千元，凑了近1万元来到了山大二院血管外科，吴鹏是老丁当时的主管医生。

"老两口相互鼓励、相互包容的精神挺让我敬佩的。"吴鹏说，虽然老两口没钱，但是他们积极配合治疗，而且并不悲观。

入院大约一周后的一天，吴鹏发现老两口唉声叹气、愁眉不展。经过询问得知，他们有三四千元被偷了，"这是俺们救命的钱啊！"老两口痛心地说。

作为主管医生的吴鹏得知此事后，趁着当天午休的功夫，跑到了距离医院两站路的银行取了800元钱交给了老丁，而这笔钱对于仅工作两年的吴医生来说，占到了他当时每月薪资的一半。

“我一定还给您，我一定还给您，谢谢！谢谢！”吴鹏只记得，丁先生和妻子不停地重复着这句话。

“完全没想到。”2018年10月15日中午，当吴鹏接到老丁的儿子要来还钱的消息时，他很惊讶也很感动，“没想到这么多年了，他们还能找到我，当时出院时他们说一定还钱，竟然真的来了。”

老丁的儿子受父母委托，带着1500元钱来还给吴鹏，“毕竟这么多年了，不能说是利息吧，就是想表达感谢。这几年我工作有了收入，家里的经济情况明显好转，吴医生的这份恩情，我们一定要回报。”

吴鹏说，这件事给了他很大的触动，行医一定要医术与医德并行，“这1500块钱我会让小丁带回去，给父母买点营养品。”

据原周围血管病科主任周涛教授称：“吴鹏经常为有困难的患者垫付现金，仅我知道的就有三四例了，帮助别人已经成为他工作和生活中的一种习惯。”

致敬语：

你用中国人特有的含蓄，
隐藏了8年的秘密。
曾经的倾囊相助，
换来一路感恩前行。
时光不匿善举，医患缘来情深。

她别出心裁，暖萌安抚手术娃

用一次性医用手套吹成鼓鼓的“气球”，在上面画上一只萌萌的龙猫；用铅笔在表格纸的背面作画，“变”出一只神气活现的米老鼠；将血液净化机上不用的小蓝帽套在手指上，再用碳素笔点睛，两只会动的手指小人儿便诞生了……

也许，你会认为这是一所学校的美术老师正在带领学生们做手工，但是，作者要告诉你的是，这些温馨的场景真实地发生在山东大学第二医院的无菌手术室中，而故事的主角，是第二手术部儿外科专业护士——张慧。

橡胶手套吹成气球，她是会哄孩子的“小灰灰”

每次手术前，如何让那些紧张哭闹的小娃娃乖乖听话可是医护人员的头

等大事。“孩子们年纪都还小，手术时父母又不能陪在身边，进了手术室害怕是很正常的，想帮他们上麻醉做检查可一点不容易。”张慧说，要安抚这些小家伙，少则十几分钟，多则要半个小时。

手术室是无菌环境，没办法给孩子们带玩具，张慧就就地取材，练就了自己的“杀手锏”。“给孩子吹些小气球，几乎没有不喜欢的。”张慧口中的“气球”是她用手术用橡胶手套吹成的，乍一看上去是个圆滚滚的小手，很讨孩子喜欢。“都忘了第一次是啥时候吹的，就记得有个小姑娘哭的很厉害，我抱着哄了半天也没用，实在没办法了，从桌子上拿个手套吹了两口，没想到孩子就不哭了。”

从那以后，每回遇上难哄的孩子，张慧都会使出“气球大法”，有时还会拿马克笔在上面画上两笔，做成个简单的玩偶。“五个指头绑一绑就成了个小兔子，压下来两个就成了龙猫，我自己看着也挺好玩的。”张慧笑道，她平均每天要跟 4 台手术，这几年气球吹下来，肺活量都大了不少。

如今，医院都知道手术部有个会哄孩子的张护士。“我名字里还有个‘慧’字，他们就开玩笑叫我‘小灰灰’。”张慧笑着说，只要能让孩子有安全感，她愿意一直做他们的“小灰灰”。

“没有点功底不学会哄孩子都当不好护士了。”这是张慧同事对她的评价，其实，张慧哄小患者的方法不仅有气球，她还会通过画画、变小魔术、和孩子们聊动画片等方式，让小患者安心接受手术。

“有个小男孩想要一个米老鼠的气球，当时可难倒我了，我就跟他商量说，‘阿姨给你画一个米老鼠，你乖乖进去睡一觉，等出来的时候带着走。”张慧回忆，那个小男孩术后刚醒有些迷糊，画也没能带走，现在还放在她的橱子里。

“小学学过国画，初中学过两年素描。”张慧说，小时候学画画的经历现在用在了哄孩子上，屡试不爽。

“小儿外科将小患者送至我们的手术间门口，我们交接病号后，再把孩子从手术间门口送到手术间内。”张慧介绍说，一般情况下，小病号都会在病房打好针，麻醉医生会在孩子离开父母亲之前，给他一点点麻药，让孩子入睡，缩短其与家属分开的时间。

“我们是想尽办法哄孩子，”张慧说，看动画、话聊，问问平时爱看什么动画片，喜欢什么，等等，这几招都非常好用，主要是分散孩子的注意力，等孩子麻醉了也就睡了。

既然家长把孩子交给了医护人员，就是对医护人员的信任，张慧说，“我们一定要用心照顾，用爱呵护，全心全意地对待每一个孩子。”

担心孩子手术哭闹抽搐，她举手机半蹲一小时放动画

2019年2月26日下午，山东大学第二医院第二手术部儿外科要为一名13岁的儿童小德做线粒体肌病的骨折手术。

“孩子是春节玩时不小心骨折了，本身没啥，难办的是他还患有罕见的线粒体肌病，影响身体代谢。”张慧回忆，第一次见到小德时，眼前这个13岁的男孩看起来个头就跟普通的七八岁男孩差不多，依偎在父母身边，一句话也不说。“孩子非常内向，也不跟人交流。”小德年纪小身体弱，考虑到全麻的风险，医生决定采用局部麻醉的方式进行手术，这就意味着手术时孩子是清醒的。“只是害怕孩子在手术中紧张哭闹，他的病一旦哭闹很容易引起抽搐，手术进行就比较困难。”

手术开始，预想的哭闹并没有出现，只是张慧发现小德的身子在微微发抖，嘴里一直低声呜咽呻吟着。“一看孩子就是紧张了。”思来想去，张慧拿出了手机，问他想不想看动画片，孩子没有回答，呜咽声却渐渐小了。

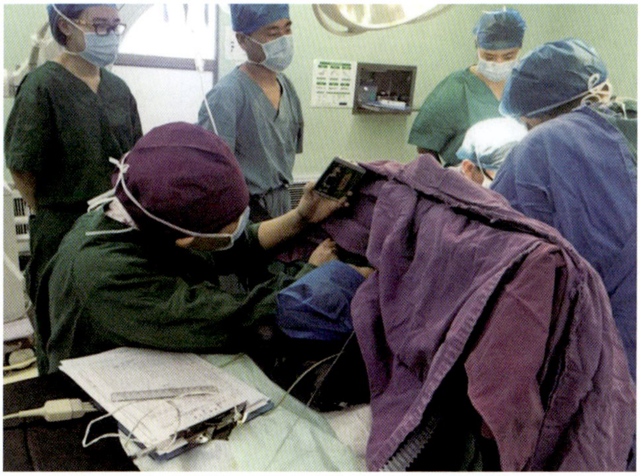

此时，小德母亲还在手术室外担心着儿子的情况，有同事拍了张小德的照片让她安心。照片里，小德安静地躺在手术床上，张慧半蹲在床头，手举手机给他放着动画片。在整台手术的一个多小时里，她一直保持着这个姿势。

整个手术过程十分顺利，小孩子如今也恢复得不错。

“张慧特别的细心、温柔，会从孩子的心理、生理考虑，善解人意，特别有亲和力。”第二手术部护士长李冬青这样评价张慧。张慧今年 35 岁，在作为医院手术部护士的 10 年里，她有 6 年时间是专门负责协助儿童外科手术，所以对儿童的心理把握得特别准确。

儿外科的手术，有时候因为孩子的血管不好打针又没有留置针等原因，医护人员只能硬生生地把孩子抱进手术室。这个过程中，孩子很害怕，家长也会特别焦虑。张慧就会从孩子的心理出发，先聊聊天，用点赞、小礼物、做游戏等“小技巧”把孩子领进手术室。

有些手术需要采取趴着或者侧卧的体位，需要垫体位垫，成人的体位垫不适合小朋友，张慧就自己动手，根据孩子的体位、体重等，改造体位垫，虽然样子没那么好看，但特别实用。

张慧的孩子今年 5 岁了，每次让她最窝心的就是上夜班前与孩子分别。“他每次都说妈妈你怎么又去上夜班了，你在家陪陪我呀。”张慧说，每次听到孩子这样说，她都不忍心，只能跟儿子说，医院里还有好多生病的小朋友，陪完他们再回来陪他。

“我很喜欢小孩，见不得孩子受罪。”张慧说，一般交接班时，她都会早到一会儿，就是为了提前跟孩子熟悉一下，“问一问孩子的情况，聊一聊他们喜欢看的动画片，套套近乎，孩子就没那么排斥打针了”，这种方式，张慧自己戏称为“话疗”。她说“我是真的喜欢孩子，就盼着这些孩子都能健健康康地走出医院。”

致敬语：

一部手机，一集动画，一个多小时的温柔守护；

两三只气球，四五笔勾画，六七年的持之以恒。

心中有爱，和风细雨情为真；

行中有善，蕙质兰心百花绽。

春节，他仅与家人团聚了 5 个小时

医生确实是个了不起的职业，为了最初的誓言，他们牺牲了太多太多。2019 年春节假期，山东大学第二医院心血管外科共完成主动脉夹层类手术 11 台，其中，主任孙强从大年三十到正月初六共主刀完成了 4 台极为凶险的主动脉夹层类手术，所有手术均顺利，病人也都在顺利康复。而整个假期，孙强却只在老家停留了不足 5 个小时。

据悉，主动脉夹层病情凶险，如果没有得到及时有效的治疗，48 小时内死亡率可达到 50% 左右。“大年三十和正月初一都临时有主动脉夹层手术，没来得及回去”，孙强说，直到初一下午患者病情都稳定后，他才匆忙开车回济宁老家过年，到家已经晚上 7 点了。

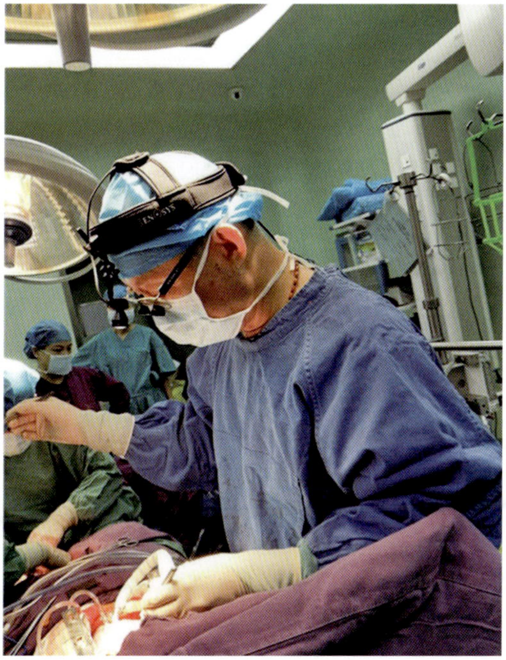

刚和家人吃过晚饭，疲劳尚未完全消除，当天晚上 11 点多，孙强就接到了来自医院的电话：又一例危重患者到院，急性一型主动脉夹层伴左侧椎动脉起源异常，计划 2019 年 2 月 6 日（大年初二）早上 8 点安排手术。

“从老家到医院大约要两个多小时车程，如果明天一早走，肯定影响家人休息，不如趁现在都还没睡下赶回去。”孙强这样想着，立即准备返程，凌晨 12 点左右开车直奔济南，两个小时的夜路守护的是患者的生命。

2 月 6 日早上 8 点，患者被准时推进了手术室。主动脉及主动脉弓置换、左侧椎动脉重建、降主动脉支架象鼻人工血管植入术，整个手术过程持续了 6 个小时左右，在孙强及团队所有医护人员的努力下，患者终于转危为安。术后患者治疗、其他急诊手术……接下来一系列的工作安排让孙强分身乏术，整个春节假期没再能回老家过年。

其实这种情况对于孙强来说，早就已经不是什么新鲜事了。去年的春节、清明节假期，孙强都曾因为患者需要急诊手术而从老家匆匆赶回医院。

“家里老母亲快 90 岁了，平时一两个月才能回去一趟，能在家里过夜就算时间长的了。”对于患者，孙强无愧于心；对于家人，他却只能满怀内疚，时间就是患者的生命，作为医生，孙强实在无法做出第二种选择。

予以坚强，只因被患者信赖

医者，是患者以生命相托的人，正是这份性命的相托，让医者肩上的责任沉甸甸的，他们的压力，往往会转化为与病魔搏斗的动力，为患者驱散身体的病痛，心中的阴霾。

一半是病人一半是医生

“一位外伤病人，受伤很严重，后方的血管、神经、跟腱都断了。”张宁是山大二院手外科足踝外科的主治医师，平日里主要接诊小儿手足先天畸形患者、足踝部畸形患者、手脚外伤急症、足踝部的运动损伤患者。据张宁介绍，患者凌晨到院就医，手术持续了七八个小时，直至中午一点多才完成。“医生就是这样，这很正常。”当我们向其说“辛苦了”时，张宁笑着说，这是医疗需要，很多同事都是如此。

其实，几天前，张宁曾患上突发性耳聋。“突然间耳朵聋了，主要原因就是休息不好，工作压力大引起的暂时性缺血等。”因此，张宁打了一周的点滴。但生病期间他一直没耽误工作，即使挂着吊瓶，张宁依然没闲着，而是在电脑前查看着患者的病例，处理医嘱。

“主要是还没到很严重的程度。”说起此事，张宁说这是职业和治疗的连贯性决定的。“科里工作较多，每个组里的病人都由组内管理，别人可能不了解病情，请假不是很得当。再说了，自己做的手术自己去处理，对自己和病人都好。”张宁说，医生的工作性质就是这样，请一天假就会影响治疗的连贯性，“比如今天刚给患者做了手术，明天就生病了，别人又不了解情况，而且患者更愿意让主刀医生去查房，这样他们心理上会更踏实一些。”

脚打石膏站立 6 小时手术

山东大学第二医院肝胆外科副主任医师李海林的一张照片在朋友圈刷屏

了。照片中，李海林医生左腿打着石膏，拄着双拐走进手术室，为患者做手术。

由李海林参与的这台手术也是山东省首例离体肝肿瘤切除自体肝移植手术，目前患者已经康复出院。

2018 年 11 月 4 日，田女士因肝内胆管细胞癌晚期住进了山东大学第二医院肝胆外科的病房。当时，田女士体内的恶性肿瘤与下腔静脉牢牢地长在了一起，根据常规治疗方法，已无常规手术切除肿瘤的可能。

经过山东大学第二医院肝胆外科团队与院士董家鸿反复思考和论证后，离体肝切除自体肝移植成为田女士唯一的手术切除肿瘤治疗方法。

12 月 3 日，经过 11 个小时，手术顺利完成。

经过 4 个月的康复，李海林医生的膝盖好了，田女士也顺利出院了。田女士一家感激医生团队对她的付出，也被李海林医生的行为深深地感动。术中拼尽全力，术后悉心照料，万般叮嘱，感谢，是不善言语的她对医生最深的敬意。

忍痛坚守一线的背影

“我人还没走出病房，你转身又去电脑前工作，写病程，下医嘱，看化验结果……”这是准备回家的妻子为正在同在一家医院工作的丈夫梁振拍下的背影。

妇产科的工作是忙碌而又紧张的，每逢值班，基本上都是 24 小时无眠。有时候做起手术或者处理起紧急的事情，吃饭反而是一种“奢侈”的事情。“有空就吃口饭，没空，也就不吃了，所以医生更衣橱里的常备药就是胃药。”梁振妻子说。

昨天早上梁振上班前，对妻子说胃疼，本以为是寻常事，吃点药就行。但晚上六点钟，妻子接到了梁振的电话，梁振在电话那头只是说，让她来医院帮忙给自己打针。听到这里，正在休班的妻子，立刻放下自己身边还不到一岁的孩子，立即赶往医院。作为妻子她心里明白，如果不是特别难受他是不会给自己打这个电话的。

到了医院才知道，丈夫从早上八九点钟到晚上六点这期间，已经打了三针，加上发烧、胃疼的状况加重，不得已才叫自己来医院。到了医院，本想给丈夫抽完血去送检，然而值班电话不停地在响，产房里还有急需要帮助的准妈妈们。

丈夫只有一句一句地反复对妻子说，再等我会儿！再等我会儿！看着丈夫忙碌的身影，妻子很心疼！好不容易等到血检结果出来，准备输液时，又等了一个多小时。“得先忙完这一阵，等处理完患者的事情再打针，要不然输上液，就没法干活了。”强忍胃疼的梁振对妻子说。

“孩子在家已经开始闹着要睡觉了，我都没敢告诉他，我也是强压对孩子的牵挂，一遍一遍地跟家里老人说，再等我一会儿，马上就回去了！好不容易等他忙完了，打上针可得休息一会儿了吧，结果我人还没走出病房，他就转身拿上吊瓶又去电脑前工作，写病程，下医嘱，看化验结果……”梁振妻子说，这一刻自己拿起手机拍下老公工作的背影，伴着眼角感动的泪水踏上回家的路。

医生是生命健康的守护者，希望每位医生都好好地照顾自己，因为您不仅是病人的医生，更是父母的孩子，家庭的支柱，孩子的家人！向一线的白衣天使们致敬！

千万次弯腰的坚持

每天弯腰起身 150 次，你可以坚持多少天？每天弯腰扶起 150 斤重物，你可以做多少次？山东大学第二医院妇产科主任徐永萍，每个接诊日接诊 150 多人次，每次孕检完坚持弯腰扶起孕妇，一扶就是 30 多年，不落下一天，不落下一个孕妇。简单的动作，传递的是无尽的温暖和力量。

7:30 到达医院；8:00 开始交班；8:15 晨会、讨论重点病例，制定诊治方案；9:15 重症、重点患者查房；10:00 主持、指导手术；14:00 会诊或处理科室日常工作……每天 24 小时保持开机状态，以便及时处理紧急情况，这是徐永萍主任的一天，同样也是她的 365 天！

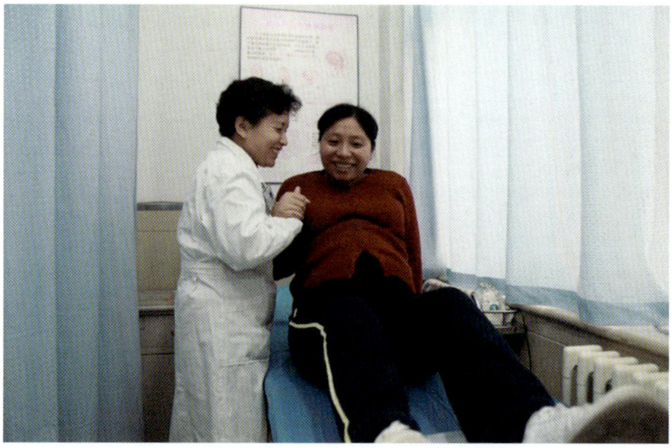

最“贪心”的医生

徐主任很“贪心”，她希望所有医护人员一切以病人的健康和利益为出发点；她希望所有的病患都能以最小的代价达到最大的康复目的；她希望可以带着科研团队精进技术，为患者提供更好的技术服务；她希望通过妇产科的一系列人性化改革做改善医患关系的典范；她希望自己永远精力充沛不知疲倦地带给更多人健康和幸福……

山大二院妇产科微创手术越来越精湛，免费建立的产前宣教室帮助了一批批的产妇完成了孕产期所有的保健教育，开设产后温馨健康随访热线，编写“科学育儿知识”等科普材料，一件件人性化的举措，使这里无论从医护人员还是患者，都弥漫着一种幸福感。

最“有空”的医生

徐永萍被认为是“最有时间”的医生。每次忙完工作，开始留意时间时，经常过了饭点或者已经到了下午两三点钟。一年中很少周末休息，每到假日，她都尽量把休班的机会让给年轻的医生，自己在医院值班。她十分热衷公益事业，几乎将所有业余时间都用在了公益事业上。每次义诊活动，从黄海之滨到新疆的雪山脚下，无论条件多么艰苦，徐主任不曾抱怨过苦累，一定义无反顾，耐心解答每一位患者提出的问题。

最“心软”的医生

“我认为一个好医生，就是当你处理完一切事务时，你要问问自己是不是真的问心无愧了？”长久以来，徐永萍是这么说的也是这么做的，她还不断告诉自己的团队，无论病人治疗、手术的结果如何，都要问问自己是否安心了。徐主任始终坚持，医者行医，技术只是其中的一个层面，人必会有感情、想法与关系，要全面照顾病人的意志。当长达三四个小时的抢救结束后，病人苏醒后的第一句话说的是，徐主任，您是不是还没吃午饭时，那种感动是很难形容的。

真人版“小蝌蚪找妈妈”

2019 年 5 月 20 日上午，山东大学第二医院产科护士李晶拉着七岁男孩壮壮（化名）的手，一大一小两个身影向门诊部飞奔而去。

“看到妈妈了！”壮壮一边呼喊着跳起来冲到吴女士（化名）怀里，母子相拥，声泪俱下。到底发生了什么？

当天，吴女士带儿子壮壮来医院看病，衣服落在儿外科忘记拿，壮壮帮妈妈跑腿拿衣服，看错了方向走到了产科，找不到妈妈的衣服又不知道该怎么回去，这可把他急坏了。

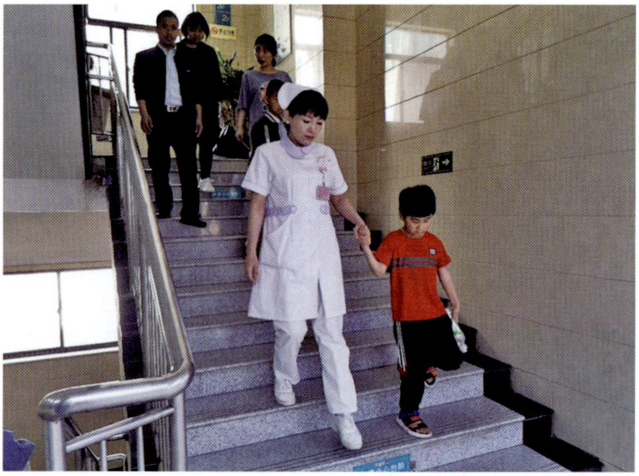

幸运的是，产科门诊护士李晶发现了东张西望的壮壮，看孩子好像是在找谁，而且身边也没有亲人。凭直觉，李晶估计这个孩子是迷路了，于是就领他来到护士站。她先是询问壮壮爸爸或妈妈的手机号，可“小迷糊”壮壮只记得父母的短号，并不知道全号。李晶只好根据壮壮说的妈妈的名字查找当天就诊人员名单，也没查到，而且整个产科都找遍了，也没找到壮壮妈妈的衣服。

“既然是妈妈让来拿衣服，他应该知道妈妈在哪里。”李晶心想，于是就跟壮壮说明情况，牵着壮壮来到一楼大厅之前与妈妈分开的地方，却不见妈妈的影踪。这时壮壮焦躁起来，李晶耐心蹲下安抚并细心问他："宝贝，你告诉阿姨，今天是你妈妈来看病还是你看病？"壮壮说是自己看病。李晶又问："宝贝，那你是哪里不舒服？现在还疼吗？"壮壮伸了伸手，说是手指伸不直。李晶终于明白了，原来壮壮是被妈妈带来看儿外科的，只不过走错了方向，才跑到了产科门诊。

于是，李晶又一路牵着壮壮来到了门诊楼三楼儿外科，分诊护士告诉她，刚才保安带着壮壮的妈妈吴女士来这儿很着急地找儿子，现在去门诊部了。李晶也是孩子的妈妈，妈妈找不到儿子的焦急她都能感同身受，不敢耽搁立刻给门诊部打电话，让医务人员见到孩子妈妈后，让她在原地等待，自己会带孩子过去。

于是，她又牵着壮壮向着门诊部一路飞奔，终于让他们母子团聚。

据悉，好奇宝宝"探秘"医院走丢的事件时有发生，好在都有医护人员及时发现并爱心守护或是热心帮助。

医护人员客串“临时爸爸妈妈”

2018 年 1 月 5 日下午，山东大学第二医院急诊科上演暖心一幕，急诊科医护人员一边奔忙抢救患者，一边临时客串“爸爸妈妈”，照顾一个一岁多脸部有伤的孩子。

据了解，孩子是因高速车祸受伤来山东大学第二医院急诊救治。和孩子同一辆车的姥姥、姥爷及姨夫均因多处骨折伤情较重已收住院救治。孩子的妈妈刚到急诊时脑震荡意识不清，在急诊科留观，无法照看孩子。

孩子的其他家人一时赶不过来，孩子无人照看。

情急之下，急诊科医护人员客串起“爸爸妈妈”。

因同时还要抢救另一批车祸伤员，所以大家只能轮番照看小伤员，拍他睡觉，喂他牛奶，抱着他写病历，工作、看娃两不误！

寒冷冬日，急诊科的这暖心一幕，让紧张的环境中多了一份温情和感动！

致敬语：

救助伤者，那么熟练；

抱起孩子，那么自然。

你们的怀抱，是生命最安全的港湾。

这座寒冬的城市，因爱而温暖。

病人与孩子，都是我的牵挂

2019年的5月12日，是国际护士节，5月13日，是母亲节。在山东大学第二医院里，一群怀有身孕的护士，将在工作岗位上连续度过两个节日。她们，是护士中很平常的一员，却是母亲中极不寻常的群体。

时刻准备着：急诊科护士陈绍香

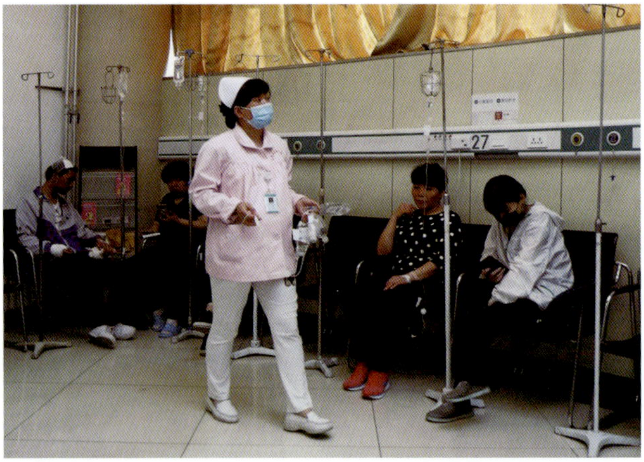

急诊科，医院里24小时待命的科室。这里除了医治病人，更需要“时刻准备着”病人的到来。

陈绍香，在急诊科工作8年，她早已熟悉这种随时战斗的节奏。常年的夜班经验，她也总结出了鲜为人知的工作规律：通常夜里十点到凌晨两点会迎来接诊高峰，这个时间应该是夜间意外事故发生频率最高的时间。

陈绍香自怀孕后便从夜班调到白班，这是医院对怀孕职工的照顾。但这依旧并不轻松。

刚刚给一个急性呼吸道感染患者进行静脉输液治疗，旁边又响起“换药”的铃声。这个季节的每个白班，陈绍香都要为100名以上的患者进行护理。

从急诊输液室到护士站，有30米的距离，她每天都要往返上百次。极端的时候，她的每只手上需要挂满不同病号的5个输液袋和输液器。

“急诊护士最大的不同就在于工作节奏的变化，有时候必须在很短的时间内完成很多事情，有时候处理完病人会感到特别放松，觉得又一个病人得到了医治，会很有成就感。”陈绍香说。

“软妹子”的温柔：消化内科护士黄延萌

黄延萌，外型酷似张静初，性格温婉，轻声慢语，这些，却意外地成为她工作的优势。

消化内科病房里，黄延萌正在为一位结肠息肉患者进行术前宣教，其中最关键的是告知手术风险。此生第一次接受手术的王女士情绪低落，紧缩眉头。

由恐惧导致的焦虑，是术前患者的常态。但患者有知情权和决定权，既要告诉患者术中风险，又要保证患者有好的心态配合。显然，这并不是一件容易的事。

黄延萌结合自己之前护理过的病人的实例，为王女士“现身说法”，很快，王女士消除了焦虑情绪。这也是护理团队为病人进行“情绪管理”的常态。

尽管半个月后即将生产，但黄延萌仍然与普通护士一样忙碌。黄延萌深知，与病人的关系需要真心来维系。

一个月前，一位住院患者出现消化道出血症状，急需内镜下止血，黄延萌一路小跑，奔向药房将术中药品取回来，让内镜下的止血手术顺利完成。

而对怀孕 8 个多月的黄延萌，这是一次没被考虑的冒险。

“当时，就想到救人要紧，觉得自己没有那么娇气，后来想想也挺担心自己的宝宝，但是作为一个护士，其实那只是本能反应。”黄延萌说。

“兵器”大管家：手术室护士王艳慧

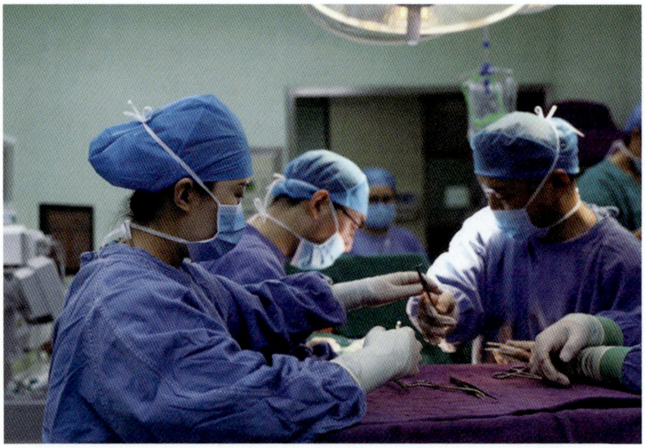

手术室，一个没有硝烟的战场，同样闪烁着刀光剑影。

摩擦系数是普通地板 10 倍的防滑地垫，亮度是室外晴天 15 倍的无影灯，是医生与疾病决斗的“战场”。在这里，墨绿色手术服最大限度减少“视觉干扰”，医用防护拖鞋方便穿脱和清洗，这是一场“战斗”的标配。

王艳慧，在手术室工作 5 年，已经参与了 2000 多台手术。怀孕后，她依然工作在一线。

如果说一台手术的成功，主刀医生是“大当家”，手术护士则是“大管家”，她们掌管着一台手术所有的“兵器”。这项工作并非每个人都能胜任。

一台普通的手术中，单用到的器械包中的器械通常达到100余件，几十个类别。比如用于止血的器械就有蚊式钳和小弯血管钳，这在普通人很难看出差别，但对手术室护士来说却是了然于心。

王艳慧可以熟练地做到在医生伸手的同时，把需要的器械准确无误地递到医生手里。但即便再熟悉，每台手术仍然需要小心翼翼。

手术室护士，长期在封闭的手术间工作，往往从清晨进入手术室，到晚上手术结束才能下班，每天只有下班的时候与月亮相伴，所以她们有一个绰号叫做“月亮天使”。

生命守护者：重症医学科护士赵婷婷

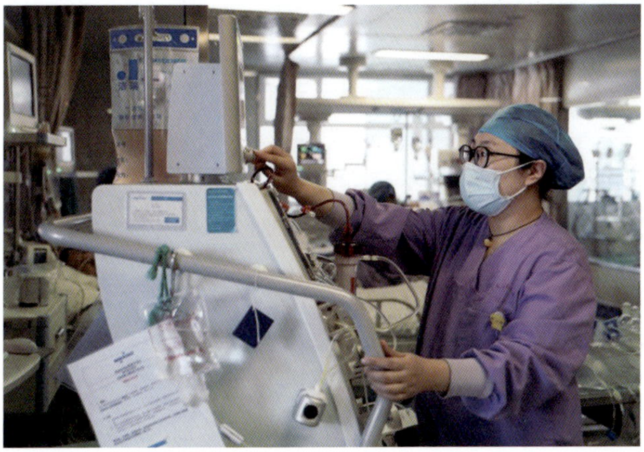

重症医学科，通常简称ICU。来到这里的，都是急危重症病人，他们通常浑身插满管子，借助医学手段维持生命体征。

不同于常规科室一个护士负责10余名患者，在这里，一个护士只负责2名患者。照顾的人减少了，但同样不轻松。

赵婷婷，每天的工作便是与医生一道，与死神抗争，她需要每时每刻都“紧绷神经”。但她是天生的“乐天派”，说话时总是带着笑容。

为防止细菌感染，ICU实行无陪护制度，只有每天下午2点半到3点这半个小时，家属可以进入病房探视病人。

有人说，ICU 护士干的是“良心活”，病人没有意识，家属不在身边，干多干少没人知道。而在赵婷婷看来，自己的每一个动作都是对生命的尊重。护士需要扮演家人的角色。

“我们医护人员的确有无能为力的时候，可以说这里的很多病人每时每刻都在生与死之间徘徊，但你对他好，你对他笑，他能感受到生命中美好的东西，他才能激发出生的渴望。”赵婷婷说。

迎接新生命：产房护士崔志星

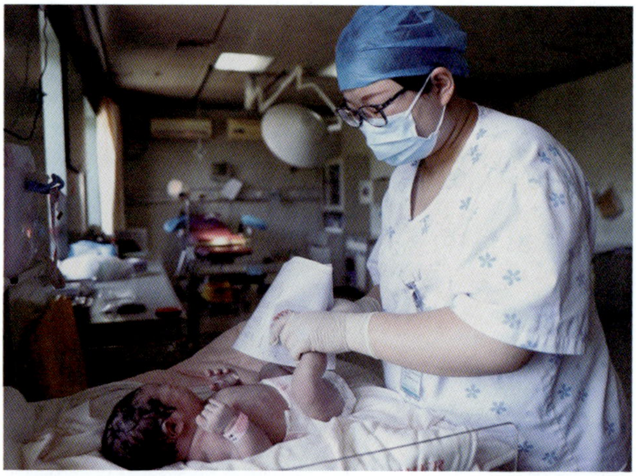

产房，是新生命诞生的地方，也因此，这里被称为医院的“快乐科室”。

这个科室里，护士有一个不同的名字：助产士。崔志星，是其中的一员，即将临盆的她，每天的工作是与和她一样的孕妈妈们打交道。

助产士的工作是重复的体力劳动。产床上，产妇生产过程中，需要不间断地检查，助产士弯腰，起身，再弯腰，再起身，这一动作反复进行，贯穿整个产程，短则 1 小时，长则 3 小时。

对待产妇，除了身体上的指导，助产士还要给予精神上的鼓励。生产过程中的“加油呐喊”至关重要。这时，她们不是旁观者，而是亲身的参与者，要和产妇共同迎接一个痛苦而又喜悦的时刻。

在产房工作 4 年的崔志星，已经接生过 600 多个宝宝，尽管她自己还没有生孩子的经验。再过几天，崔志星即将在她工作的地方生下宝宝。

“有点紧张，但是，我相信我的同事们。”崔志星眼含微笑。

像孩子一样的爱：神经外科护士门连晓

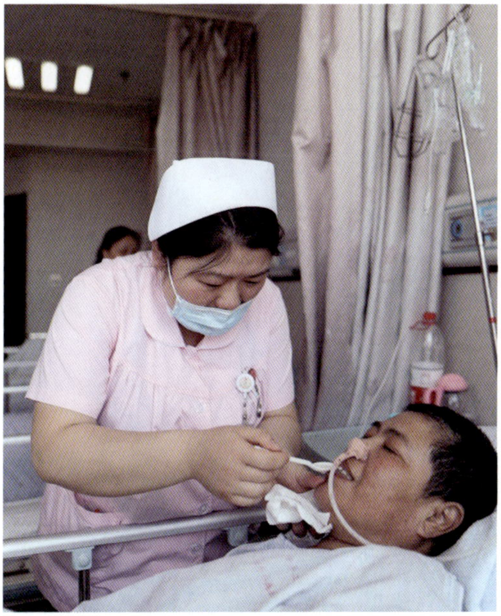

神经外科，解决大脑神经系统疾病的科室。这里的病人，通常大脑无法控制自己的肢体活动。

在这个科室，除了专业的护理技能之外，首先要学会给瘫痪的病人喂饭。但给病人喂饭并不是“饭来就能张口”，也需要有相当的技术含量。

门连晓的诀窍是“哄着吃”，把病人当成孩子。

“这里的很多患者，他们的肢体不能受大脑控制，就跟小孩子一样，其实他们的心态也慢慢地像小孩子一样，很多人都回到了婴儿的那种感觉，能吃一口饭，有时候是他们的幸福，也是我们的幸福。”门连晓说。

这或许是门连晓一生当中最特殊的日子，不仅自己怀有 6 个月的身孕，而且母亲患病住在这个医院的另一间病房。

上班时照顾病人，下班后照顾母亲，是门连晓连续半个月来的状态。在她看来，虽然这段日子十分难熬，但即将为人母，更懂父母恩。

在这所医院里，共有1311名护士分布在61个病区、科室中，她们大多拥有护士和妈妈的“双重身份”，在她们眼中，病人与孩子，永远是她们生命中无法割舍的牵挂。

60 位护士“妈妈”诠释母爱

2017 年 5 月 12 日，济南的山东大学第二医院新生儿监护室 60 位护士，义务为失去母亲，父亲又不懂照料婴儿的女婴“嘟嘟”担当起“临时妈妈”，在工作闲暇时轮流照料“嘟嘟”，诠释母爱。

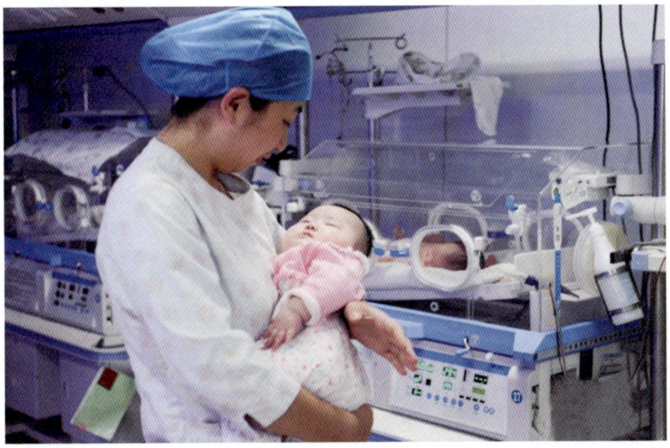

“护士妈妈”照料女婴睡觉

“护士妈妈”轮流照料女婴

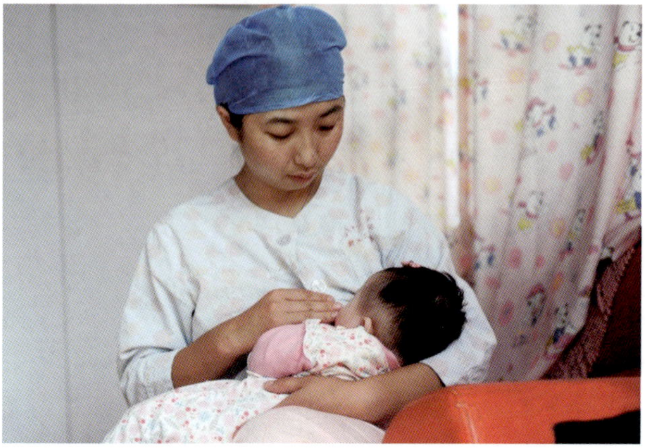

正在哺乳期的“护士妈妈”为女婴哺乳

“护士妈妈”整理护士们为女婴购买的衣服、玩具

“护士妈妈”工作闲暇时轮流照料女婴

春寒料峭中的温暖怀抱

戴着护士帽和口罩，身着护士服，怀中紧抱着一名小婴儿，用自己的体温为孩子取暖。这是 2018 年 3 月 21 日下午，发生在山大二院儿科门诊的一幕。当时这名出生仅 10 天的小患儿因病到儿科就诊，门诊护士李蕾发现孩子浑身冰冷，不假思索解开自己的外套，将孩子紧紧抱入怀中为其取暖，这一抱就是一个多小时。“看到孩子身上那么凉特别心疼，当时没想太多，我不只是一名护士，更是一名母亲。”李蕾说。

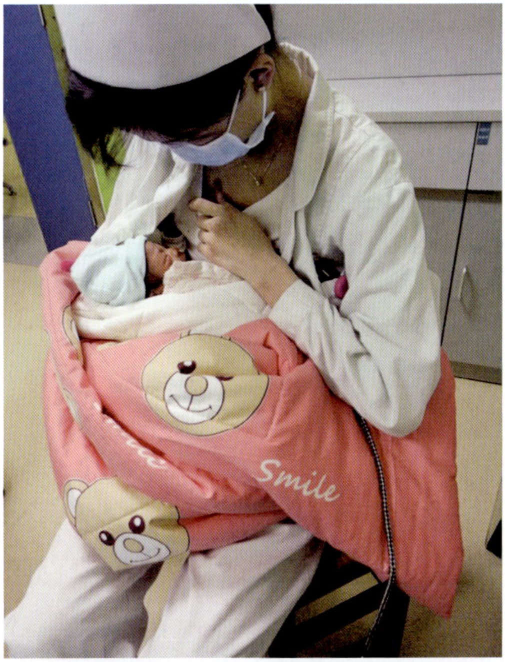

提起 21 日发生的事情，李蕾回忆，那天急诊的护士工作正好轮到她牵头负责。下午 1 点多，她正在治疗室为患儿穿刺扎针，同事告知一名出生仅 10 天的小患儿到急诊看病，情况不太好，让她去看一下。交代好手头的

事情，李蕾来到诊室。经检查，孩子是名早产儿，体重只有 4 斤多，哭声微弱，反应力差，心率也低。在检查期间，李蕾摸了下孩子的皮肤，感觉孩子浑身冰凉。

小婴儿的父母都没到场，三名陪同的亲属虽然着急但也无所适从。孩子一直在哭，喂奶粉也吃不进。“我也是当妈的人，当时一摸孩子那么凉，立即就打开了诊室的空调，但空调升温还需要一段时间。当时也没多想，随即解开护士服和外套，隔了一层薄薄的衣服，把孩子紧贴到怀里，给孩子取暖。”

带孩子去测血氧饱和和末梢血糖时，她紧抱着孩子；坐在诊室里等待办住院期间，她紧抱着孩子；带孩子去新生儿监护室时，她仍然抱着孩子。这一抱就是一个多小时。在李蕾的怀中，原本又哭又闹的小婴儿也踏实地睡着了。

“孩子别看小，但可聪明了，当时我一抱他，他就把右手放在了我的腋窝下，左手放进我的怀里取暖，久久没有变换姿势。”李蕾说，经检查，孩子的末梢血糖值很低，造成孩子体温低的原因有可能是能量不足。

21 日那天气温很低，走在室外寒风仍给人刺骨的感受。从儿科急诊到新生儿监护室，走路需要 10 分钟，为了给孩子足够的温暖，李蕾当时把仅剩的一层衣服仍尽量掀开了一些，露出一部分肚皮给孩子取暖。在室外冷不冷？听到这个问题，李蕾说：“其实当时已经感觉不到冷，那种感觉很温暖，我温暖着他，他温暖着我。”

把孩子送到新生儿监护室住院，等待期间李蕾摸了摸孩子的肚子，体温上升了很多，她悬着的心终于放了下来。把孩子交给其他医护人员后，李蕾还是不放心，一个劲儿地给医护人员交代着孩子的病情。“孩子离开我后，我摸了摸我的肚子，冰凉冰凉的。”李蕾说，“抱孩子累、天气冷这都不算什么，现在只期盼孩子的身体能尽快好起来。”

儿科急诊向来是医院里“没有硝烟的战场”，来这里的孩子发病急、不会言语、哭闹不停，家长通常比较焦急，这就给儿科医护人员提出了更高的接诊要求。今年 31 岁的李蕾已经在儿科工作了 12 年，儿科医护人员工作压力大，工作环境繁乱，她是深有感触。

“这么多年，我一直在门诊负责给孩子穿刺、换药。孩子血管细，扎针难度很大。孩子得病一哭，家长也急，扎不进去针家长更急，常常遇到家长不理解的情况。现在就要求我们必须一针扎进。像年前患儿比较多时，我一天就要给五六十个患儿扎针，工作强度很大。”

她坦言，正因如此，作为一名儿科护士，她要求自己有更多爱心、耐心。“我的孩子也才 2 岁多，和许多小患儿的年龄一样。看到孩子受苦，作为护士我们的心情和家长们是一样的，都是希望孩子能够尽快恢复健康，也希望患儿家长能够多多地理解我们。”李蕾说。

致敬语：

碧草之芬，花蕾之馨，

贴身一抱，至善至深。

那个如母亲般毫不犹豫敞开的怀抱，

温暖了孩子，也温暖了这座春寒料峭的城市。

心中有清泉，衣襟染晨光。

那些生命中最深切的相见

医院是距离生死最近的地方，上演着太多的悲欢离合。而在山东大学第二医院，却见证了人世间最深切的感动。那些生命中的初相见，那些陌生人给予的温暖，那些笑泪交织的无语胜千言……

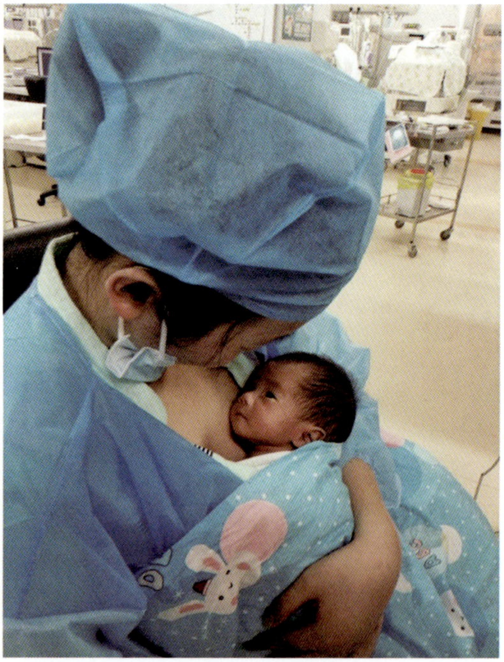

只有 33 周的早产儿甜甜，一出生就住进了新生儿监护病房。在医院推行的袋鼠式护理中，甜甜的妈妈得以在监护室中亲近她的宝宝。当她第一次怀抱甜甜时，她们彼此依偎、深情对望。从此，你是我最珍爱的宝贝，我是你最坚实的依靠。

一位妈妈独自带着 2 岁的大宝和 1 个月的小宝，来医院做产后检查。妈妈查体时，医护人员充当起了两位孩子的“临时妈妈”，一边照顾孩子，一边下医嘱、开处方。两个孩子在医护人员的怀里十分乖巧听话，她们一定感受到了这股浓浓的、善意的温暖。

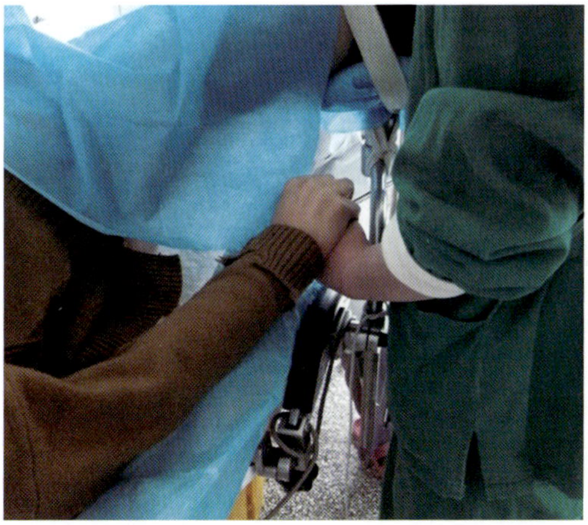

在医院行妇科局麻手术的王女士紧张不已，她紧紧地抓住了身边赵护士的手。手术过程中，王女士意识清醒，赵护士一直在身边安慰她、鼓励她，紧握着的手始终没有松开。直到 20 分钟后，手术结束。这彼此的深深一握，是信任，是陪伴，是鼓励，更是温暖。来自指尖的温度，散发着力量，强大到可以抚平恐惧。

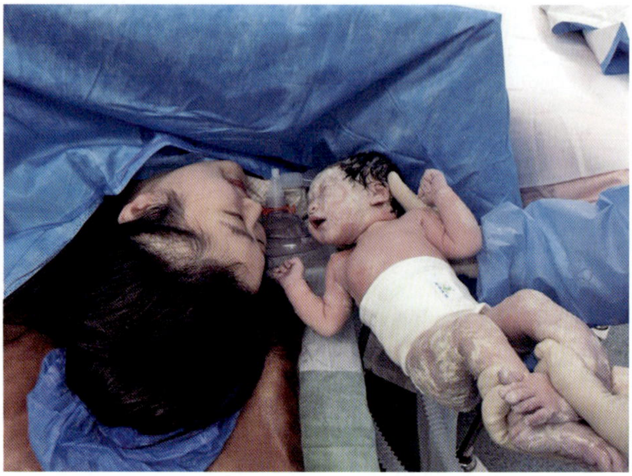

手术室内，一个六斤二两重的宝宝降生了，护士捧着这个崭新的小生命来到妈妈的面前，完成了母女生命中最深情的初见。孩子用清亮的啼哭昭示她的到来，母亲喜极而泣，十月怀胎，一朝圆满——自此，她们成为彼此生命中最重要的存在，最深切的感念。

执子之手，与子偕老

“我叫单思君，老伴方业海。我俩 1958 年相识，1961 年结婚。1982 年，我腰椎骨折卧床 3 个月，吃喝拉撒全在床上，他精心伺候我，我永记在心……” 2019 年 8 月 5 日，七夕节前两天，山东大学第二医院南部院区（济南善德养老院）为在这里共同居住的 13 对老人举办了金婚庆典，他们中年龄最大的 92 岁，最年轻的也有 60 岁。活动当天，82 岁的单奶奶上台朗读了他写给爱人的情书，回忆那段青葱岁月。

最浪漫的事就是和你一起慢慢变老

火红的唐装，精致的妆容。伴随着庄严的婚礼进行曲，13 对老人手牵着手，当他们或自己走着或被轮椅推着走过红地毯时，每个人的脸上都写满了激动和幸福。他们不住地向台下招手，短短十几米的红地毯，仿佛走过了他们金婚几十年。也许，这就是最浪漫的事，牵着你的手，陪你慢慢变老。

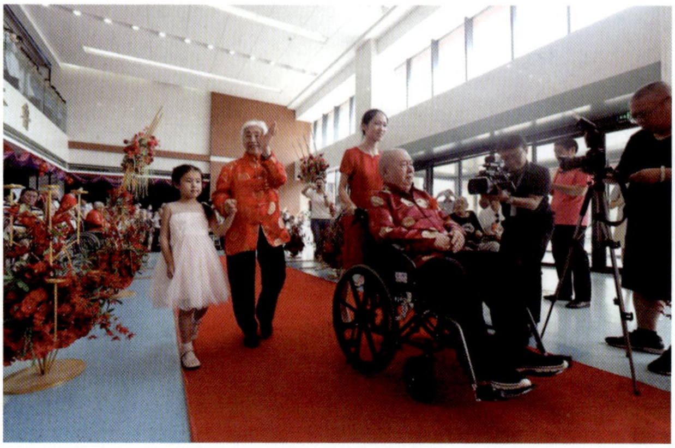

爱情就是相互陪伴到老

作为当天金婚仪式的发言嘉宾，82 岁的单思君奶奶简短回顾了她和爱人方业海爷爷的婚姻生活。单奶奶是一位医生，方爷爷则是军人，1958 年二人认识时，用现在的话说属于“异地恋”。当时方爷爷在济南工作，而单奶奶在商河。1961 年，二人结为连理。直到 3 年后，单奶奶才调回济南结束两地分居。“我们一直是互敬互爱、相互关心、相互理解和包容的。”回忆起这些年的婚姻生活，单奶奶这样说。

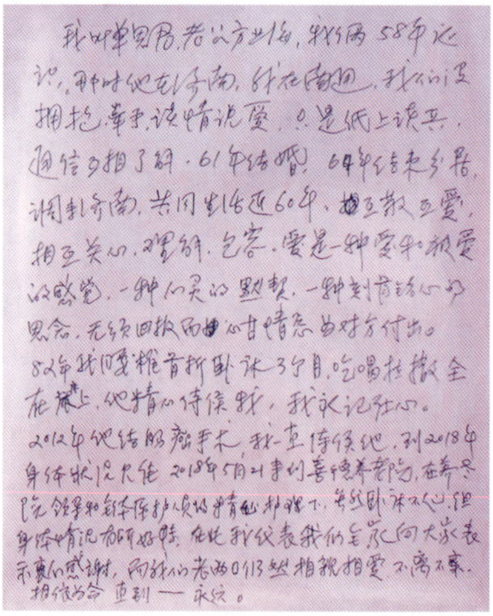

我叫单思君，老公方业海，我俩58年认识，那时他在济南，我在商河，我们没拥抱、牵手、谈情说爱，只是纸上谈兵，通信为相了解。61年结婚，64年结束分居，调到济南，共同生活近60年，互敬互爱，相互关心、理解、包容。爱是一种爱和被爱的感觉，一种心灵的默契，一种刻骨铭心的思念，无须回报的甘心情愿为对方付出。

82年我腰椎骨折卧床3个月，吃喝拉撒全在床上，他精心侍候我，我永记在心。

2012年他结肠癌手术，我一直侍候他，到2018年身体状况欠佳，2018年5月21日来到善德养老院，在养老院领导和全体医护人员的精心护理下，虽然卧床不起，但身体情况有所好转，在此我代表我们全家向大家表示衷心感谢，而我们老两口仍然相亲相爱、不离不弃，相依为命，直到——永远。

1982年，单奶奶因腰椎骨折卧床3个月，当时吃喝拉撒都在床上，是方爷爷照顾她的点点滴滴。口渴了端水，肚子饿了喂饭，想要大小解时，也是方爷爷一个人照顾……“他对我的精心照顾，我永远记在心里。”可是，天有不测风云。2012年，方爷爷患结肠癌做了手术，单奶奶竭尽全力地照顾他。“我们俩这辈子也没经历什么大风大浪，”单奶奶说，爱情就是相互陪伴到老。

风雨中建立的感情才最真挚

今年80岁的王爷爷和78岁的李奶奶是一对公认的恩爱夫妻。“老头生活中比较随意，饮食也不太注意。”李奶奶说，年轻时他们在工作上相互帮助，生活中相互照顾。可就在2016年，老伴儿突发脑梗住进了山大二院。已经退休的李奶奶独自承担起了照顾老伴的重任。“孩子们都上班，都忙。我已经退休了，没什么事。”那时候，是李奶奶陪着老伴做康复治疗，精心喂饭喂水。

“我们朝夕相处58年了，经过了很多艰辛和坎坷。”李奶奶说，在风风雨雨中建立起来的感情才是最真挚的。

平平淡淡才是真

金婚仪式上，笑得最灿烂的要数86岁的杨瑞深爷爷。“他是养老院的‘明星’。”说起杨老爷子，别看入住不足1年，却因为他的开朗乐观，成为了很多人的好朋友。

去年夏春之交，杨爷爷经历了“大面积心梗”，从死亡线上“溜了一圈”。去年 10 月，他第一次考察善德养老院后，就相中并留下了。当时老伴孙玉华因放心不下女儿以及对养老院有抵触，杨爷爷就自己住了养老院。直到几天前，老伴前来养老院与他“汇合”。听着老伴直言“老头，我想你了”的话语，杨爷爷还有些害羞。杨爷爷说，二人从年轻就相互扶持，虽然没经历什么大风大浪，但他也悟到了爱情的真谛：平平淡淡才是真。

慈母手中线

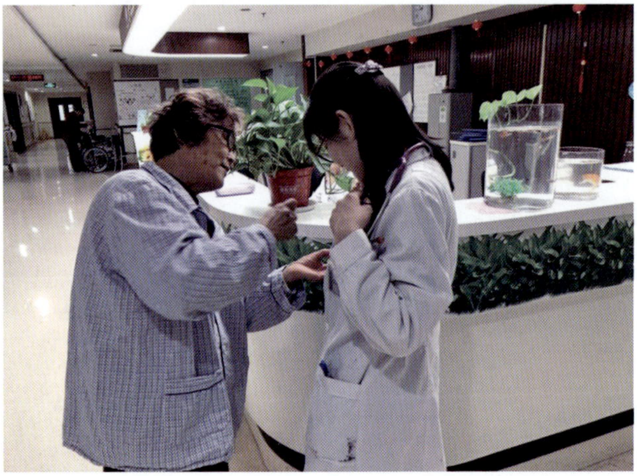

2018年6月11日，山东大学第二医院心血管内科病房内，一位头发花白的老人一手拿着针线，一手捏着医生张景博的白大褂衣襟，正小心翼翼地缝补一粒纽扣。“这个姑娘就和我闺女年龄差不多，她对我照顾这么多，能为她做点小事，我也高兴。”

和谐医患自真心，一针一线总关情。

我想过千万次与你的相遇

——一封来自24周早产儿爸爸的信

和许多爸爸一样，这是我第一次做父亲；和许多爸爸不一样，我的宝宝是个急性子，24周700g就急着来看看这个世界。所以，我的小不点儿一出生就经历着各种冒险，时常徘徊在生命的边缘。

宝贝，有些话，爸爸想对你说。

我想过千万种与你相遇的时刻，也想过千万种你可能的样子，只是没想到连小床都没来得及为你布置好，就这样措手不及地和你提前见面。我用手捧着巴掌大的你，看着你仅我手指粗的手臂，感受你仅有两个苹果重量的体重，我问自己：眼前这个小不点儿，真的是你吗？

第一次当爸爸，我多想马上抱抱你，而不是在你的病危通知单上签上我作为父亲的第一个名字。

你知道吗？这个季节的风很大，有些冷，咱家窗外的树叶渐渐黄了，爸爸妈妈也穿上了厚厚的衣裳，你一个人睡在保温箱里，够暖和吗？

你似乎睡得很香甜，但我担心：下一秒，你会突然忘记呼吸。爸爸知道，在你的世界里，连呼吸这样的平常事，都不再理所当然。看你戴着呼吸机，插着各种爸爸看不懂的管子，宝贝，你辛苦了！

爸爸每次都在心里说：有一丝希望，我和妈妈绝不会放弃你。也许你听到了爸爸的话，像勇猛的小斗士一样，一天比一天精神。看着时常伸伸胳膊、伸伸腿儿的你，爸爸妈妈说不出的欢喜。医生说你比昨天多吃了一些奶，你妈妈兴奋地搂着我又哭又跳，又偷偷用捂着脸的手擦眼泪。

听说，早产儿宝宝是折翼的天使，医生和护士们这是在帮你修复翅膀呢，你要乖乖的哦。你出生快两个月了，爸爸妈妈隔着玻璃拍下了我们的第一张全家福。

宝宝，你知道爸爸妈妈是爱你的！所以，别怕，爸爸妈妈等你回家！

忘记全世界，我也记得你

在山大二院老年医学科，一对耄耋老人的爱情让医护人员感动不已。80岁的陈毓林8年前患上了小脑萎缩，成为一名失智老人。从此他的记忆不断被吞噬，渐渐忘记了回家的路，忘记了儿女，忘记了过往，甚至忘记了自己，但他唯一没忘的是老伴儿——76岁的吴玉英。

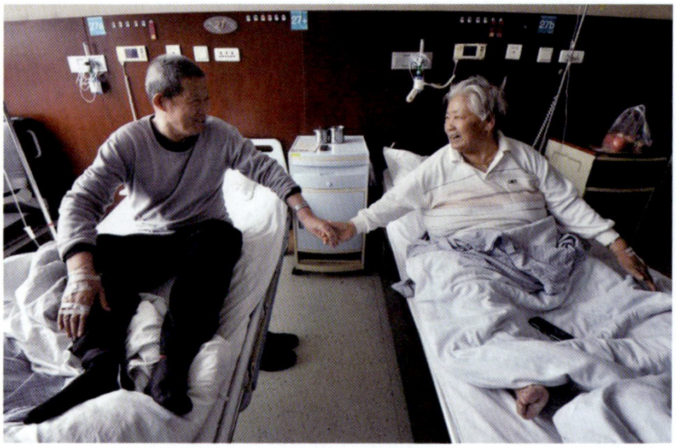

跟着老伴儿是他的日常生活

即便是在病床上躺着打吊瓶，陈毓林也不忘时不时瞅瞅在邻床打针的老伴儿吴玉英。

“他一刻也离不了我，我不能离开他半步，跟着我、找我就是他现在的日常生活。”2018年4月10日，山大二院病房，吴玉英笑着说。若不是陈毓林又到了每年一次“冲血管”的时间，她可能还会继续忍着胃疼不进医院治疗，因为她知道现在自己就是对方的整个世界。

8年前，陈毓林老人被确诊患上了小脑萎缩症。最初的几年，他只是“丢

三落四”，忘记自己刚干过的事。渐渐的，他开始忘记身边的亲朋好友，忘记了自己的名字，就连儿子站在跟前，他也坚持认为只是某个亲戚。可他，始终认识老伴儿吴玉英。

一会儿见不到老伴儿，陈毓林就像丢了魂一样，坐立不安。“其他什么时候，我爸的状态都是不在线，但只要是关于我妈的事，他就会立刻清醒。一找到我妈，脸上就会露出像孩子一样的笑容。”老两口的儿子陈先生说。

山大二院老年医学科副护士长徐红丽说，她曾看到两位老人在病房走廊里捉迷藏，每次陈毓林找到吴玉英，两人就会发出会心的笑声。

老伴儿病了，他突然“清醒”

吴玉英走到哪儿，陈毓林就要跟到哪儿。在家里，吴玉英每次去厨房炒菜，陈毓林就搬个小马扎坐在厨房门口看老伴儿炒菜。晚上老伴儿上厕所，他也要跟着一起去，醒来发现老伴儿不在身边也会满屋子找。

一次，吴玉英在家中犯病，陈毓林好像突然“清醒”了，平时连回家路都会忘记的他连忙跑到物业，拨打 120，将老伴送进医院重症监护室。重症监护室不允许陪人，但平时只要吴玉英不在家，陈毓林就能满屋子找一宿。在说明情况后，医院破例允许陈毓林陪在吴玉英身边。

“这个家多亏了你，我一辈子谢谢你。”没有了记忆，陈毓林仍把这句话时常挂在嘴边。他记得老伴儿对他的好，对整个家的好，所以记得“亏欠补偿”。每次老两口出门，他都会帮老伴儿拿着包，每次吃完饭都抢着刷碗，他不允许老伴儿受累。

“我爸可会看我妈的脸色了，只要我妈高兴，他也会跟着高兴，我妈一难受，他的脸立即就会板起来，可神奇了，特别立竿见影。我们兄妹对我妈说不礼貌的话了，他也会训斥我们。”陈先生说。

“我现在不敢生病，平时孩子们都忙，我病了就没人照顾他了。好在我身体还不错。”吴玉英说，“其实我也要告诉他，他对我也好，我也要一辈子谢谢他。”

“我还动得了，可以照顾他”

如今，老两口已携手走过 58 年，拉扯大 4 个孩子，一路风雨相伴。

在济南市北园街道杨庄社区的居民口中，陈毓林和吴玉英老人是一对“老鸳鸯”。

“我父母的恩爱程度真是一般人不能比。我爸没得病的时候，俩人吃馄饨，盛得都要一样多，俩人最后都要剩一点，怕对方不够吃了，再给对方拨点。每次吃菜，也都是把菜里的肉你夹给我，我夹给你。这听起来不太真实，但他俩一辈子就是这样做的。”陈先生说。

采访间，记者试着问陈毓林“名字是什么”，他想了半天都没想起来，对老伴儿的名字“吴玉英”却能脱口而出。“我们一辈子没干过仗吵过架，她对我很好。”他反复说了七八遍。

“我还动得了，可以照顾他，哪天我死了，他再由你们照顾。”吴玉英总是对子女们这样说。

现在陈毓林似乎忘记了一切，不知饥饱，连上厕所、穿衣都要别人帮忙。每天早上，吴玉英帮他穿好衣服后就给他做饭。他喜欢吃肉，每顿她都会变着法儿去做。天气好时，她就骑着电动三轮车带他到大明湖散步。“不逗他，他就一直呆坐着不说话，我就经常想各种办法哄他开心，像哄孩子一样。去大明湖也是为了带他去散散心，走在路上他总是架着我，不让架都不行，我也架着他，互相搀扶吧。”吴玉英说。

老两口的感情已刻入骨髓，与记忆无关。

记忆化作流沙，亲人变得陌生，心智犹如孩童，世界重新归零。对于失智老人，紊乱的行为背后是生命老去的无奈，亲人的陪护、亲情的润泽非常重要；而对他们的家人来说，要面临的是一场漫长而又艰难的生命跋涉。

这是一场残忍的生离

据了解，我国现约有 1000 万已确诊的失智老人，且正在以每年 1.4% 的速度递增，60 岁以上老人患病率约为 4%，85 岁以上老人患病率高达 50%。失智已经超过卒中，成为老年人发病率最高的疾病。按济南目前有 60 岁以上老年人 130 万人计算，目前 60 岁以上的失智老人有 5 万余名。

这是一群被困在时间长河里的老人，他们所有的记忆如同被橡皮擦一道一道擦掉，更可怕的是一旦开始，那只握着橡皮擦的手就不会停下来。这是一场最残忍的生离、最漫长的告别，对于他们的亲人来说，最怕的不是老人过世的一刻，而是有一天，老人转过头来问他们“你是谁”的那一刻。那一刻就意味着他们之间几十年的联系都清零了。

山大二院老年医学科副护士长徐红丽说，失智老人的患病轨迹都差不多，基本都是先从记不清东西开始，多半有轻微的认知困难，记不住事情，也难以接受新资讯。他们往往近记忆力先丢失，远记忆力却还记得。比如昨天刚教过怎么使用电视遥控器，今天就又对着遥控器一筹莫展。很多病人家属在教了几天之后便懊恼地放弃,或者用粗暴的方式指责老人太笨了。这毫无意义，就像和抑郁症患者说“想开点”毫无用处一样，因为这些都是生理病变，很难靠人的意志克服。

爱是一颗最好的解药

与陈毓林老人一样，市民姜峰（化名）的父亲也是一名失智老人。在他的印象里，疾病是悄无声息地袭向父亲的。“你怎么不给我吃饭？”在一次午饭后，他的父亲突然埋怨他，而且嚎啕大哭。姜峰感觉到事情的严重性，连忙带父亲到医院，父亲被确诊为老年痴呆症，姜峰这才意识到父亲之前的小健忘就是老年痴呆症的先兆。

四年来，姜峰父亲的病情越来越严重，“他有时会喊我‘大哥’，以前那么威严的父亲，错喊我，不认识我，让我觉得非常无奈、失落。疾病也让父亲的性情大变，会经常闹脾气，骂我们兄妹和我妈。”四年间，姜峰一直在和父亲脑中的“记忆橡皮擦”赛跑：父亲忘记的事，他一遍遍说；忘了如何说话，他一遍遍教……“小时候我牙牙学语时，父亲就是这样教我的，他养我小，我养他老，即便他已不认得我。”

因为医生曾对姜峰说过，爱，是对失智老人最好的药。若照料得当，让老人保持规律的生活、适度运动和全方位刺激，能有效延缓病情发展。不过姜峰坦陈，“这种药看似容易找，但真要按时按量给药，却是个大难题。”

这是一场漫长的跋涉

生活不能自理，屎尿不分，张口就骂，老年痴呆症给老人带来的性情大变不是每个至亲都能承受的。有的老人在患病后，会把大便甩得到处都是，还有的老人会故意尿到自己鞋里。“有的家属给我说过，老人不会自己穿衣服，经常把两条裤腿套在胳膊上；有的老人神志不清后，经常无缘无故地骂儿媳妇，怀疑儿媳妇给自己使坏，弄得一家人都很无奈。”一位收治过失智老人的神经内科医生回忆。再加上动辄几十万的药物和护理费用，往往让失智老人成为一些家庭的负担。很多家属选择在老人失智后就不再治疗，任其病情发展。

让姜峰担心的还有重要的现实问题。“如今我和妹妹，谁有空还可以稍微替换一下，以后就只有我女儿一个，如果我也像父亲一样，我不敢想让她来照顾我。”姜峰所担心的，也是全社会所面临的共同挑战。据估计，在中国，平均每名失智病人的治病成本约为 112 万元。根据国际老年痴呆症协会中国委员会的调查结果，将近一半的照料者后来也引发了功能性紊乱及其他相关疾病。由于养老院极少接收患此病的老人，大多数病人都由家人照顾看管，压力很大。“正因如此，我所遇见的有超过 50% 的家庭都只能任老人病情发展，感到无能为力，大多数人不来看病，来看的也很少真正按照我们的建议去做。社会应该健全机制帮助这一群体。”徐红丽说。

艰难的选择

救护车救急！2019 年 8 月 20 日上午 11 点左右，山东大学第二医院新生儿科医生王亚云和护士黄佳乐随 120 新生儿转运车去庆云县人民医院转运早产新生儿，在机场高速 25 公里处遇到一个大型车祸现场。

考虑现场伤情紧急，权衡轻重，两人与医院沟通，确保当地新生儿病情平稳前提下，决定先行抢救伤员，将一名颅内出血伤员等三名车祸伤员转入山东大学第二医院。

" 今天早上 10 点左右，我们在查房的时候，接到庆云县人民医院的电话，说有一位新生儿需要转到我们医院。" 王亚云表示，对方是一个 35 周的早产儿，当地医生怀疑其肺部发育尚未成熟，目前正使用呼吸机辅助呼吸，建议转到山东大学第二医院救治。

经过简单的准备，山东大学第二医院 120 新生儿转运车立即出发前往当地医院。没想到刚行驶到机场高速大约 25 公里处，就碰到了一起大型车祸现场。

“根据现场情况看，应该是连环车祸，一辆半挂车撞击了多辆小轿车，具体车祸原因和情况并不了解。”王亚云回忆道。

王亚云和黄佳乐当即联系了庆云县人民医院，在得知新生儿病情平稳后，决定立刻在车祸现场进行救治。

其中，在一辆北京牌照的小汽车副驾驶位置，一位 30 岁左右的女性面色蜡黄，情绪烦躁，呼吸有些急促。询问伤情时，该女士告诉王亚云，感觉其头部和颈部曾被汽车顶部撞击。

为了防止二次伤害，王亚云为其戴上颈托固定颈部，并给予吸氧和心电监护处理。这位女士很快表现出头晕、恶心呕吐、四肢发麻等症状。“应该是颅内有出血”，王亚云凭借经验迅速有了初步判断。

然而，王亚云联系济南 120 急救车时发现，由于车祸导致的大型拥堵，

120 急救车仍然被堵在郭店附近，无法保证在短时间内到达现场。

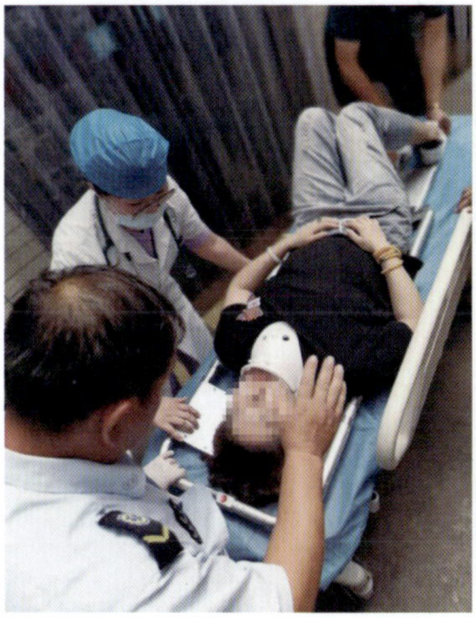

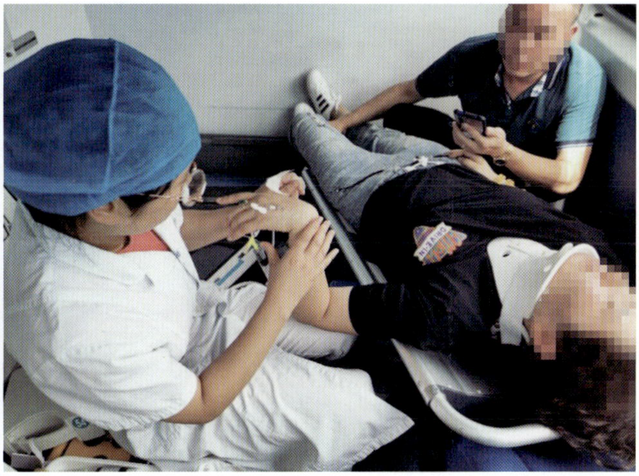

为了能够保证最快时间进行救治，为此，王亚云和同事决定先行将该女士转送到山东大学第二医院救治。同时转送的伤者还有一对母女，伤势相对较轻。

11 点 50 分左右，120 新生儿转运车将三位伤者送达了山东大学第二医院救治后，才再次紧急出发前往庆云县人民医院转运新生儿。

你列车上救人的样子，真美！

医者仁心，大爱无疆。作为医生，他们时刻准备着，只要病人需要，无论何时何地，他们随叫随到，只为心中的那份信念——救死扶伤。他们，危难关头挺身而出，紧急时刻彰显初心。

最美列车医生三次火车救人

出门在外，如果突然身体不适，最渴望的就是有医生在身边。2018 年 5 月 24 日早上 9 点 20 分左右，在济南开往绥德的 Z268 次列车上，山东大学第二医院医务部主任、儿外科专家王若义正在 3 号车厢休息。在凌晨 00:44 登上这班列车前，王若义仍然在医院忙着做手术，直到凌晨 11 点。

这时，忽然听到列车上一则寻找医务人员的广播，提示 13 号车厢一名乘客身体不适需要帮助。来不及多想，王若义赶紧起身，跑步穿过中间相隔的 10 节车厢，迅速赶到这名乘客身边。“我过去的时候，他周围正围着几名列车工作人员。”王若义回忆道，这名乘客大约六七十岁，面部表情极为痛苦，但是意识还很清醒，表示自己肚脐下方偏后侧的位置剧烈疼痛。

“我仔细询问后，得知老人没有心脏病、高血压等病史，也排除了阑尾炎的可能。”王若义表示。随后他为老人做了简单的检查，“用手轻扣老人肾脏区域时，他表示就是这个位置疼得最厉害。由此我初步判断，泌尿系统结石的可能性最大，应该是肾结石。”

由于是在行驶中的列车上，医疗条件极为有限，王若义在列车长早已带过来的急救箱内，找到了可以暂时缓解疼痛的消炎药物，并向老人家属解释该如何使用。担心病情进一步加重，王若义又和对口帮扶的子洲县人民医院取得联系，对方随即派出车辆到绥德火车站待命。

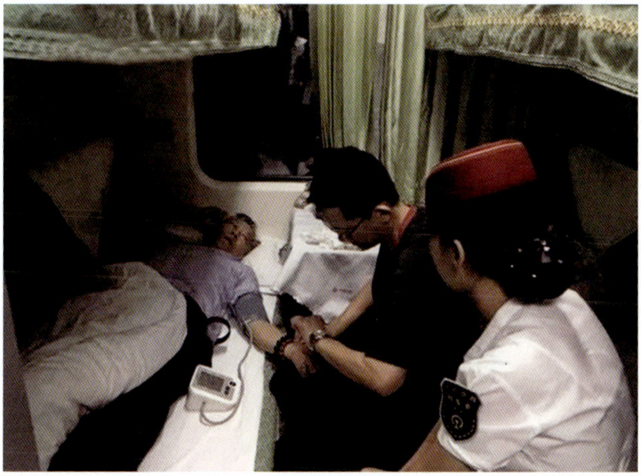

处理完这些事情，不放心的王若义一直守在老人旁边，直到老人用药后病情缓解、渐渐睡着。回到自己所在的车厢前，王若义将手机号留给老人家属，嘱咐再有什么不适，随时拨打电话联系他。

等列车抵达绥德时，老人表示，疼痛感已经大大减轻，可以继续乘车。确认他们还有一个多小时就到达目的地，并且家属已经等在车站后，王若义才放心下车。

“王大夫感谢你，你的医术高超，我代表全家人感谢你，千言万语说不出，最后还是要说谢谢。”当天不久后，老人发来致谢短信。据悉，老人当天下午到当地医院就诊，发现原来位于肾脏的结石已经进入尿管，已无大碍。

其实在列车上救人，对于王若义来说这已经不是第一次了。2016 年 6 月，王若义曾经和同事一起在列车上救助了一位急性肠胃炎的乘客；2017 年 7 月，王若义和同事也是在列车上，碰见一个因高烧抽搐的孩子，给予了积极有效的救治。

“这都是我们医护人员应该做的，算不上什么，谁碰见都会这样做的。”王若义说道。

致敬语：

百年齐鲁，博施济众。

老树新枝，崇德尚义。

危急时刻，出手相救是义不容辞的责任；

胶东寻根，寻到的是不变的医者初心。

医生的职业本能就是出手相救

2019 年 7 月 6 日下午，山东大学第二医院胃肠外科副主任医师纪志鹏，在受聘为中华医学会山西省分会晋籍专家工作委员会专家后从太原返回济南的途中，救治了一名突发疾病的乘警。

当天下午，车上的一段广播引起了纪志鹏的注意。“紧急寻人，车上有没有医务人员？”凭多年经验，他直觉是列车上有人突发疾病需要救援，向乘务员了解后得知是一位工作人员突感不适，便准备去为患者提供力所能及的帮助。

纪志鹏在第 9 车厢，而患者在第 1 车厢，由于列车是由两组动车组组成的，两个车厢之间不能直接通行。趁着列车停靠德州站的间隙，在列车工作人员的帮助下，纪志鹏绕过阻隔车厢顺利找到患者。据悉，患者是一位乘警，工作时突发腰部疼痛、下腹部疼痛，以及会阴部的放射性疼痛、尿路刺激等症状。当时正好有一位河北医科大学第一附属医院的心内科医生在场，经过初步诊断后排除了患者心脏方面的问题。

纪志鹏询问了患者的病史，做了体格检查后，排除了其患有急腹症的情况。凭借着多年的临床经验，初步判断患者是因泌尿性结石引起的不适。

因此，他及时指导患者服药、饮水、运动……经过一系列的紧急施治，待患者病情减轻后，纪志鹏跟心内科医生各自回到了自己的车厢。当列车到达济南西站时，纪志鹏又跟列车长询问了患者情况，得知其已无大碍，并被送到医院检查后，纪志鹏才放心地下车回家。

“突发状况下也容不得多想，自然而然就会帮一把。”事后，纪志鹏回忆列车救人时的情况，认为出手相救只是医师的职业本能。其实，这已不是纪志鹏第一次急施援手了，作为一位医务人员，生活中只要遇到突发病情，不管在哪里，纪志鹏都会第一时间出手相助。

今年 5 月份，纪志鹏在家长开放日为同班一名家长实施了急救，随时随地出手相救是他心目中作为一名医生的本职工作。

2019 年 5 月 15 日，在参加孩子小学的家长开放日活动时，一位家长突然晕倒，也是在纪志鹏的紧急处理下，家长恢复了健康。时刻准备着、随时随地抢救病人，这是纪志鹏心目中一名医生的日常工作，紧急的时刻要快速准确判断，采取有效措施抢救病人生命。

正在开家长会的纪志鹏救了同班一名家长。

5月15日，山东大学第二医院胃肠外科副主任医师纪志鹏在阳光壹佰小学参加家长开放日活动，同班一名女家长突然晕倒，得益于纪志鹏的紧急处理，女家长情况稳定恢复健康。

早上8点半，纪志鹏正与孩子班里家长一起在学校教室听公开课，距离他十米远的教室另一侧一名女家长脸色苍白、突然晕倒，旁边的家长们紧急呼救。

紧急时刻，纪志鹏一个健步冲过去，稳住女家长身体，搬过来一把椅子，扶她靠墙坐下。他赶忙检查女家长呼吸情况，为其测量脉搏。此时，女家长心率偏快、意识还算清醒，但脉搏细弱、呼吸急促、身体虚弱，纪志鹏询问详情后排除了女家长因低血糖、心脑血管基础疾病引起的晕厥症状，并迅速判断是由于天气热、教室空气不流通导致其身体不适，在老师和其他家长协助下，迅速将她转移至通风走廊。约3分钟后，女家长睁开了双眼，呼吸平顺，饮用一杯温水后，面部恢复红润，再次检查心率已恢复正常。事后，女家长向纪志鹏表示感谢，同班家长们也为纪志鹏的紧急救治点赞。但纪志鹏表示，时刻准备着、随时随地抢救病人，这是医生的日常工作，每天医生们除了参与医院的各种急会诊、急症手术外，还要面对各种各样的病人和复杂的环境，每个地点都可能成为工作现场，因此，作为一名医生，除了掌握急救技能和常识，还需具备快速的应急应变和处理能力，紧急的时刻能够快速准确判断，采取有效措施抢救病人生命。

返乡火车上施救癫痫乘客

2019年2月3日下午，大年二十九，年味正浓，紧张忙碌了一年，山东大学第二医院大夫姜军一家四口终于踏上了回乡的D6061次列车。谁知刚上火车不久，就听见火车上开始广播：有位乘客突发急病，乘客中哪位是医生，希望尽快过去帮忙。

听见广播后，姜军来不及多想，嘱咐妻子看好两个孩子，自己迅速按照广播中提示的位置来到患病乘客身边，此时已经有两位离这里位置更近的医务人员赶到了现场。

“患者是位大约 30 岁的男士”，姜军回忆道，患者当时已经丧失了意识，双眼紧闭，倒向左侧，双上肢伸直，双下肢屈曲，四肢肌张力高，还会有不自主的身体抖动。据悉，患者是在去卫生间返回座位的途中发病，已经一两分钟了，一直是这个状态。

“患者上车时告诉过乘务员他有 20 多年的癫痫病史，偶尔也有低血糖发作。”姜军说，患者的癫痫药刚好已经吃光了，当天中午没有吃药。

姜军迅速检查了一下患者状态：“自主呼吸平稳，面色正常，没有出现青紫或苍白的情况，脉搏大约 100 次 / 分钟，搏动有力。就是四肢肌张力很高，考虑应该是癫痫发作，但是没有出现危及生命的情况。”

和另外两位在场的医务人员商量后，他们决定让患者就地休息，避免新的刺激。同时查看了列车乘务人员拿来的药箱，发现没有抗癫痫药物。姜军和列车长商量后，决定通知 120 急救车到淄博站接患者去当地医院就诊。

七八分钟后，患者慢慢清醒，意识恢复，肢体动作也恢复了正常。他告诉姜军，他有癫痫家族史，父母已经去世，这次是坐火车到淄博看望姐姐，平时一直坚持每天三次服药，这次碰巧药吃完了。

姜军和另外两位医务人员一致认为，现在最重要的是尽快让患者服用抗癫痫的药物，否则病情很可能再次发作。根据姜军建议，列车立即开始广播，询问是否有乘客携带了抗癫痫药物。

不一会儿就有一位 60 岁左右的热心乘客送来了药物，乘务员担心其低血糖，也准备了糖水。没想到，患者刚服用了药物不到一分钟，癫痫再次发作，姜军做好保护后，密切观察病情，癫痫发作一分钟后，患者的肌张力就恢复了正常，然而一直没有清醒。

这时火车刚好到达了淄博站，姜军协助 120 工作人员将患者送上急救车，并交代了一下患者的病情病史后，才返回车厢，继续剩下的旅途。

火车上紧急施救不慎夹手的 7 岁女孩

2019 年 2 月 5 日大年初一下午 1 点半，山东大学第二医院胸外科的医生张维全跟新婚妻子李晔坐上从莒南到临沂的 K1450 次火车，李晔也是山东大学第二医院儿科医生。按照习俗，结婚第一年的小夫妻是要回娘家的，但是因为两人都要值班，所以早早坐上了回城的火车。

像往年一样，身为医务工作者，夫妻俩早已习惯这与普通人不一样的“值班”过节，空荡荡的一节车厢里只有小夫妻两个人。就在这时，列车喇叭传来广播，11 车厢有病人需要医疗救助。

听到广播后，小两口火速赶到 11 车厢。李晔注意到，需要救助的是一位不小心被座椅夹到手指的 7 岁小姑娘。小姑娘疼痛难忍，一直在哭，右手遍布鲜血，食指上简易包扎着的纱布也几乎被鲜血浸湿了，而一旁的母亲已心痛得泣不成声。

李晔简单询问受伤过程后，仔细地查看患儿食指，患儿的第二指节骨质外露，指端已错位，不能排除骨折。她一面安慰、鼓励患儿，一面将受伤的食指仔细地进行包扎，随着手指被包扎好，血迹被清理干净，小姑娘的情绪也稳定下来。

夫妻俩又向家长嘱咐了注意事项，并协调列车长和120，让患儿在临沂下车，由120紧急送至就近的临沂市人民医院进行进一步救治。看到孩子顺利送往医院，这对新婚夫妻才从临沂转车，踏上了回单位的旅途。

爱情的模样！大四男生病房求婚患癌女友

21 岁的薛雅伦是滨州学院的大四学生，这个济南女孩是家人的“掌上明珠”，从小到大学习、生活都一帆风顺。没想到不幸突然降临，2019 年 8 月份，她腹痛后被家人送医，最终确诊为晚期卵巢癌。

得知噩耗后，父母放下工作全心照顾患病女儿，薛雅伦的男友、在另一所大学读大四的刘兆柯更是不离不弃陪伴左右。

2019 年 10 月 9 日，刘兆柯在亲友和医生护士的见证下，在病房内成功求婚，一声“我愿意”让在场的人热泪盈眶。这个勇敢的小伙子相信他们的爱可以战胜病魔，相信他们还有很长的未来。

女孩花样年华传来噩耗　忍痛仍为别人着想

初见薛雅伦是在 10 月 15 日上午，在山大二院妇科病房内，躺在病床上的她正发着低烧，瘦小的身躯插满了各种输液管，一旁的父母时而喂水，时而为她整理头发，眼里满是宠溺。

21 岁的薛雅伦是滨州学院的大四学生，她喜欢旅游，有一个从高中时期就同窗如今已经相恋一年的男友刘兆柯。可就是这样一个无忧无虑的女孩，在最好的年纪却遇到了重大的打击。

大约在两个月前，薛雅伦突感肚子胀痛，用手触摸后发现里面似乎有异物，于是去医院检查，结果发现腹部有肿瘤，后经手术确诊为晚期卵巢癌。

21 岁的女孩与癌症“纠缠”在一起，同学们心痛，家人们心碎。作为男朋友，刘兆柯更有着说不出的心疼。“她知道自己的病很严重，但她心里先想到的却是别人。”病房走廊内，刘兆柯告诉记者，“因为怕家人担心，影响他们休息，平时她自己再疼也忍着，还不停叮嘱其他人要按时吃饭。”

在刘兆柯眼里，薛雅伦大方、懂事，是个优秀的女孩。之前两人曾约定一起考研，还许下相伴一生的承诺。“考海南大学。”说到这里，病床上的薛雅伦竭尽全力吐出了几个字。

病房内的求婚男友承诺“战胜病魔的路上有我在”

“2017 年 10 月 9 日是一个很重要的日子，因为那天我把你‘骗’到手了。2018 年 10 月 9 日是个更重要的日子，是我决定向你请求能否给我一个机会和你厮守终生的日子。”2019 年 10 月 9 日，刘兆柯在山大二院妇科病房内单膝跪地，在众多亲友和白衣天使的见证下，他打开精致的礼盒，从中取出一枚钻戒，炽热的目光停留在病床上的薛雅伦身上。

面对男孩的不离不弃，病床上的女孩笑靥如花，伴随着一声“我愿意”，两人拥抱、亲吻，一旁的薛父早已红了眼眶，护士和医生们也几近哽咽。

“我想给她一个惊喜，正好在相恋一周年时向她求婚，让她知道战胜病魔的路上有我在。”刘兆柯说，两人之前在约定考研时就曾承诺过要在考研结束后着手他们的终身大事，可女友却突然被病魔缠身，“承诺”眼看要落空，他心有不甘，于是下定决心在病房内求婚。

“起初我们是劝他多考虑的，毕竟女儿身体有病，但他很坚持。”薛雅伦的母亲说出了自己的顾虑。

“后来我们知道他告诉了他的父母，而且他们也都支持和同意。”薛母说，即便如此，当女儿的病情确诊后，她和丈夫也曾一度拒绝刘兆柯来探望，“可我从女儿口中知道，他虽然在备战考研，可心里放不下，在手术后当天一大早就来到医院隔着窗户往里看，站了半天然后一声不响地走了……”

“其实我去过不止一次，在窗户里看到她连起身都费劲，我当时非常难受。”刘兆柯说，他也想尽一份力，于是用行动感动了女友的父母。从 9 月份开始，刘兆柯在病房内帮着薛雅伦的父母一起照顾薛雅伦，到今天已有一个月的时间。

“从喂水到擦拭身体，我们一开始觉得会不方便，可是他照顾起来不怕脏不怕累，格外细心，这让我们很暖心，也让我们的女儿有了信心。”薛雅伦的母亲说。

双方父母都很支持。男孩母亲说：“儿子求婚，我感到既开心又骄傲。”

据薛雅伦的母亲介绍，早些时候她就知道两人是高中时期要好的同学，“他们是前后桌，开家长会时就见到过他的母亲，现在想想这就是一种缘分。”

后来高考结束，刘兆柯去了枣庄，薛雅伦去了滨州，可距离并没有成为两名年轻人的阻碍。2017 年 10 月 9 日，刘兆柯鼓起勇气表达了自己对薛雅伦的喜欢。“当时她考虑了二三十分钟，之后就答应了，我特别开心还截了图。”刘兆柯一边说着一边腼腆地笑了起来，“但这个我不能给你们看，只属于我俩。”

虽然是异地恋，但相隔不远，这对情侣只要有空就相约出游，感情也慢慢升温，薛雅伦也将恋情告诉了父母。

“我们做父母的，女儿喜欢我们也支持。”薛雅伦的母亲说，一旁的薛父也微笑点头。

对于这段感情，刘兆柯的母亲张女士表示，他们一家人十分支持儿子，当她知道儿子女朋友患病后，他们一家人也感到很心疼，“他现在哪有钱买钻戒，我们就帮助他，为了他们的感情，也为了不让他留任何遗憾。”张女士还说，对于儿子求婚的举动，她感到既开心，又骄傲。

医护人员的感动：“生命有始有终，爱和真情永不凋零”

据了解，这场求婚仪式是刘兆柯联合医院科室医护人员一起准备的。

据山东大学第二医院妇科主任医师张萍介绍，薛雅伦入院后，经检查确诊为卵巢癌晚期，还伴有感染、高热、肠梗阻。为此，医院相关科室专家曾进行会诊。“就在会诊快结束时，她家属过来找我，说她男友想求婚。”张萍说，她得知此事后也很感动，考虑到女孩的病情，她还是向家属做了两点说明。一是建议提前给薛雅伦本人透露一下，以免她过于激动身体不适；二是建议时间能选择她在科室时，以便出现意外可以及时救治。

薛雅伦的家属很赞同张萍的观点，与刘兆柯商议后将求婚定在了10月9日中午12点。张萍也被这个小伙子的决定感动了，为表示支持，她自掏腰包买了鲜花、气球等装饰物，让护士帮着布置病房。

9日中午，张萍赶到科室后，看到薛雅伦还插着胃管，精神也不是很好。“这种幸福的时刻，我想让她更美一点。”张萍说，在征得薛雅伦家属的同意后，暂时为她撤掉了胃管，护士长还帮她“补了补妆”。

“生命有始有终，爱和真情将永不凋零”，求婚时刻，科室里的护士几乎都赶到了病房见证这一幕。“求婚的时候我也在，很感动，当时科室的护士都赶过来祝福，大家的眼眶全都红了。”

“真的感谢这些白衣天使，她们对我女儿连说话都是轻声细语的。”薛雅伦的母亲红着眼眶说。

网友们的祝福：“这就是爱情的模样”

刘兆柯和薛雅伦的求婚视频被发布在了短视频平台上，网友们纷纷转发评论，给薛雅伦送去祝福的同时，也对刘兆柯竖起了大拇指。

如今，这段视频已经被16万多人点赞和收藏，有5000多条评论，600多人转发。“愿有情人终成眷属，好人一生平安”“祝福！坚强！加油！”“幸福的姑娘,祝福你有奇迹再现！”“愿你被温柔以待”“祝福,我又相信了爱情”“这就是爱情的模样”……网友们的祝福如排山倒海般涌来，刘兆柯看在眼里，感动在心里。

“我妈妈还让我把求婚的视频传给她，我当时没来得及传，结果她自己从网上看到了。”刘兆柯笑着说。

“我们未来的日子还有很长，她说以后要在家给我做好吃的，等她病好了我就带她去全国各地旅游，到世界各地旅游。”刘兆柯摸了摸无名指上的戒指，坚定地说，他会坚持照顾薛雅伦，直到她从病房走出的那一天。

我不认识您，但我谢谢您！

2017 年 5 月 24 日，勇扶摔倒老人并垫付医疗费的山东大学第二医院麻醉科医师雷丽恰获得阿里巴巴天天正能量 193 期二等奖，该公益项目组联合齐鲁晚报为雷丽恰颁发 5000 元正能量奖金。

阿里巴巴天天正能量联合齐鲁晚报给雷丽恰的颁奖词这样写道：突遇老人摔倒，你敢搀扶吗？面对这个老套而又现实的问题，济南医生雷丽恰给出了漂亮的答案，她不仅敢扶，还垫付了医疗费。而她却说“这是小事儿，医生的职责所在，不值一提。”为医者仁心点赞！感谢她给我们带来的温暖，感谢那颗善良的心！一个毫不犹豫的举动，扶起的是社会的良知，扶起的是人们心中的善良。

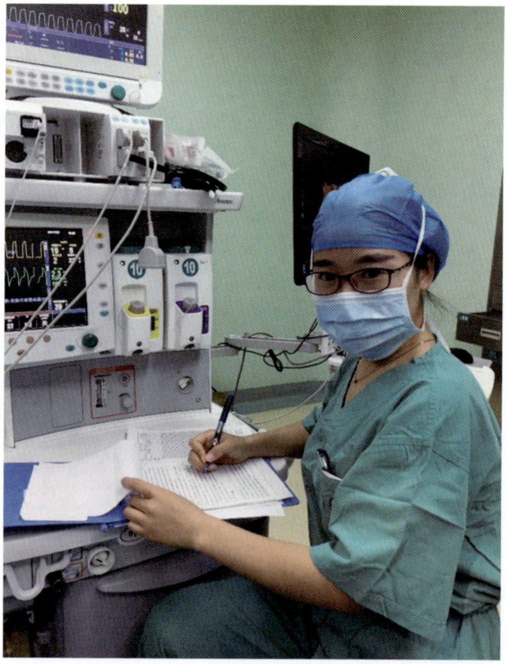

2017 年 5 月 22 日早晨 8 点多，雷丽恰下夜班后刚走出医院没多久，在位于七一路北接近水屯北路附近，忽然看见不远处一位老人因为脚下踏空摔倒在地。雷丽恰赶紧跑了几步赶上去，一边轻轻扶老人站起来，一边询问老人有没有不舒服。

虽然老人一直说没事儿，但雷丽恰发现老人右胳膊一直抬不起来，肩部还有些塌陷，初步判断有关节脱位的可能。雷丽恰扶着老人到了山东大学第二医院急诊科，并帮忙垫付了挂号费和拍片费，又带着老人做了相关检查。检查结果证实了雷丽恰的判断，老人右肩关节脱位。

当天上午 10 点多，老人的家属得知情况后赶到医院，老人已经完成了所有治疗。“雷大夫刚下夜班，不仅没能休息，早饭一直都没顾上吃，让我们深受感动。”老人的女儿随后写了感谢信送到医院表达感激和谢意。

得知获奖后，雷丽恰感觉非常出乎意料，“没想到这样一个小小的举动能得到这么多关注，当时扶老人的时候根本没多想，不管谁碰到这种情况都会这么做。”雷丽恰对阿里巴巴天天正能量项目组表示了感谢，同时也表示：“作为医务工作者，平时努力把每项工作都做到最好，是对病人应该承担的责任。”

致敬语：

路遇跌倒老人，扶还是不扶？

简单一问叩击我们灵魂深处。

而你，用毫不犹豫的举动，

回答了这个令亿万国民纠结的问题。

但凭本心，无问西东。

一女子跳河轻生，一护士跪地施救

一则关于“白衣天使抢救跳河轻生女子”的消息在朋友圈广泛传播，各路媒体记者多方寻找现场参与急救的女护士，都没有找到，最后从出警民警处才得知救人者是山东大学第二医院重症医学科 28 岁的护士吕凡。

2017 年 10 月 28 日下午 5 点多，小清河济南市历城区黄台大酒店附近河段，一名女子跳河轻生。当时吕凡正值休班，与家人一起外出吃饭，“当我看到她的时候，她已经翻过了护栏，直接跳了下去。”吕凡回忆道，意识到需要救人，自己赶紧跑了过去，和路过的众人一起展开救援。该女子被拉上岸后，吕凡第一时间为其检查生命体征。“当时她已经处于呼之不应的状态，没有任何意识反应，颈动脉也没有搏动。”

从济南市消防支队黄台中队出警视频中看到，吕凡双腿跪地，双手在女子胸前按压，给女子做心肺复苏。同时，吕凡指导另外一位市民帮助正确摆放该女子头部位置，并让周围人群散开以保证空气流通。

“中间有过好转，颈动脉恢复了点搏动，但是很快就又不行了。”吕凡一边观察，一边继续做心肺复苏，不敢掉以轻心。就这样坚持了 20 分钟左右，直到120救护车赶到，将女子送往山东大学第二医院继续抢救。尽管该女子最终还是抢救无效身亡，但吕凡深秋时节跪地抢救轻生女的事迹，还是让市民为之感动。

整个抢救过程中，吕凡的家人都等在一边，给予支持。抢救结束后，吕凡和家人悄悄地离开了现场。事后她也非常低调，只和一个同事谈及此事，并再三叮嘱同事千万别说出去。在护士长询问是否是科室同事施救时，吕凡也没有站出来，科室护士长和其他同事看到媒体提供的照片，才得知事情真相。

“当时施救只是出于医护人员的本能。”吕凡说，看到女子溺水需要救援，她只是做了一个护士该做的，“平时上班的时候，接触的也都是需要急救的病人，处置经验比较丰富。”

今年刚28岁的吕凡已经在重症监护室工作了4年。“吕凡在日常工作中就特别的积极向上，所以这次的救人其实也并没有出乎我们的意料，她自己也反复表示这是很正常、很自然的事情，真的没什么。”重症监护室护士长李丽说，吕凡在工作中特别稳妥，什么事情交给她我们都很放心，她为人也温婉，重症患者难免有些情绪，有时说话不中听，吕凡也从不着急，依然耐心、细声慢语地开导病人、照顾病人。

致敬语：

见多了生离死别，所以更知生命的可贵。

不声张、不宣扬是你的选择；

不抛弃、不放弃是你的执着。

深秋一跪，冷的是你，暖的是我。

产妇路边急产，甲状腺外科医生上演“接生时速”！

2017 年 8 月 20 日上午 10 点 50 分左右，一名产妇在山东大学第二医院职工餐厅前急产，路遇周末查房的甲状腺外科刘佳宁副主任医师，紧急时刻刘教授充当“接生婆”，孩子顺利娩出。

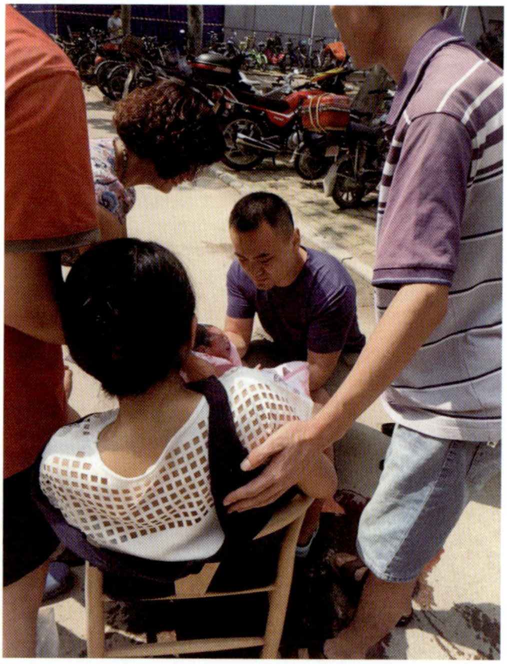

据悉，该产妇正准备吃饭，还没来得及办理住院手续，在食堂门口就把孩子生出来了。

刘佳宁说：“当时情况非常紧急，孩子的头都已经露出来一部分了，身旁陪同的丈夫因为没有经验，也是惊慌失措。”刘教授一边从食堂借了把椅子让她坐下，一边联系医院妇产科主任，抓紧时间派人过来。但是，从产科过来还需要一段时间，产妇根本等不及了！

刘佳宁这时凭借从事医疗工作的基本经验，开始着手帮着产妇分娩，万幸，产妇生产过程十分顺利，没多大功夫，孩子就已经出来了。这时，所有人都紧张地屏住呼吸，直到孩子“哇”的一声哭出来，所有人才都笑了出来，男婴，十分健康！

但是，现场条件有限，孩子的脐带还一直连着，刘佳宁担心细菌对孩子造成不好的影响，也不敢贸然用手擦拭孩子的身子，就用双手一直托着孩子，等待产科人员的到来。

随后，产科及手术室人员带着接生器械迅速赶到现场，确认产妇生命体征稳定，无大出血，随后为产妇处理好脐带、胎盘，并用床安全把产妇推到了病房。据了解，孩子6斤7两，各项指标正常。

致敬语：

铿锵的医者誓言犹在耳边，

危急的救助现实却在眼前。

披上白衣，你是无畏的钢铁战狼；

换上便装，难掩你的侠骨柔肠。

一手担道义，一手托希望。

医院里的另一个急救“战场”

2019 年 1 月 12 日上午 10 点 30 分左右，在山东大学第二医院心内科门诊走廊，马女士和家人正在等候就诊。

还没等到进诊室，马女士就突然丧失意识，晕倒在地。分诊台护士发现后，立刻叫来正在门诊的王翠玲护士、曾娜护士、陆红护士和郝琳教授。

几位医护人员立即赶到现场，“患者看起来大约 60 来岁，旁边的家属说患者有冠心病史”，山东大学第二医院心内科副主任医师郝琳回忆道：“当时患者已经意识不清、口唇紫绀、牙关紧闭，我们初步怀疑是发生了心源性猝死。”

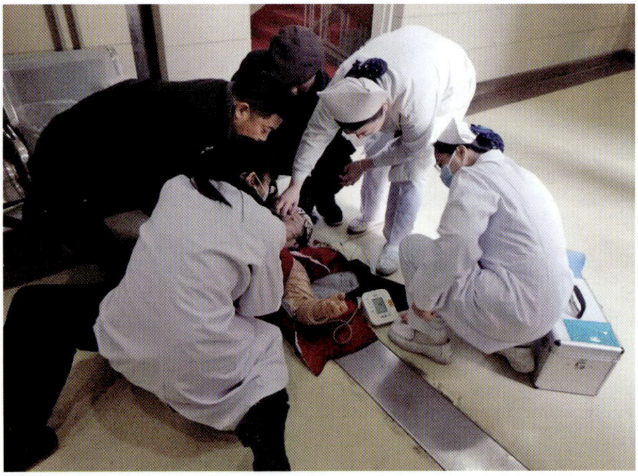

在场的几位医生和护士立即开展急救，包括心肺复苏、测血压、测血糖、吸氧等，同时通知急诊科、联系心电图等，一切都在紧张、有序地进行，直至急诊科医护人员赶来，将患者转运到急诊科。

正因为有这些医护人员在，患者生命和健康又多了一道安全保障，现场的每一位就诊患者都对他们竖起了大拇指，为这些医护人员点赞。

那个救人不留名的"头版"外科医生找到啦！

2018 年 5 月 16 日，一张蓝衣男子俯身急救晕倒老人的照片登上了《山东商报》头版，男子只说自己是“外科医生”，在老人被救护车送走后就默默离开了，一时间很多人开始寻找这名热心的蓝衣救人“外科医生”。

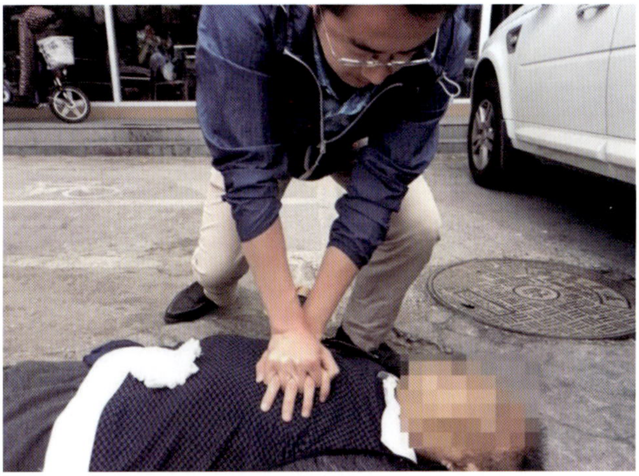

经过寻找，“外科医生”的身份很快得到确认，他就是山东大学第二医院关节外科尹翔宇。

5 月 15 日，正值山大二院“科学运动 关节健康”科普义诊周，尹翔宇下夜班后继续参加了科里的义诊活动，下午 4 点左右，结束义诊的尹翔宇在回家路上，突然发现很多人围在一起，职业的敏感让他赶紧停车上前查看。人群中间是一名 60 岁左右的晕倒老人，尹翔宇赶到时，众人有人在掐老人人中，有人在为老人按压，尹翔宇表示自己是外科医生，迅速对老人进行了检查，并紧急进行心肺复苏，直到救护车赶到。

尹翔宇回忆，自己大概按压了10分钟左右，按照胸外心脏按压的规范，按压频率至少每分钟100次，这样推算，尹翔宇为老人按压了近千次！他说“这没什么，救死扶伤本来就是医生的职责，谁遇到都会这样做的”。

据了解，老人目前情况已经稳定，但仍然没有脱离生命危险。

近千次按压的坚持，是对职业最深切的诠释，也是对生命最崇高的敬意！

致敬语：

你是一位心怀大爱的“隐者”，
在没有硝烟的生命抢救现场，
哪里有什么巧合，
只不过是，医者天职，
播撒爱的光芒。

这个单膝跪地的男孩，或许就是你最想嫁的人

双十一，朋友圈除了比拼买买买战果，还在悄悄地找人！寒冷天气里，一位年轻帅哥跪在地上，正在路边抢救一位突然发病摔倒的女士。

事情追溯到2018年11月10日傍晚六点多，顺河西街路口，车辆和行人正在等红灯，只听一声尖叫，一位中年女子突然摔倒在地上，只见女子仰面躺着，口吐白沫，浑身抽搐。正在路口等红灯的一位年轻男子迅速从电动车上跳下来，第一时间来到她的身边。男子立即单膝跪地，一手托住抽搐女子

的后脑勺，另一只手托住她的下巴，稳稳地将她的头部进行了固定。

看到女子的抽搐减轻，男子又第一时间拨打了120并拿出女子的手机联系她的家人。但是，女子的手机设有指纹密码，他只能一只手拿起手机，另一只手固定住女子抽搐的手指进行指纹解锁。打开女子的手机通讯录后，男子首先找到了“爸爸”“妈妈”的电话，他迟疑了一下，给“姑父”打去了电话。

“我想着这位女士四五十岁的样子，父母应该很年迈了，我怕老人太着急，如果在外地赶不过来，就更担心了。”

打完电话后，该男子继续用双手固定女子的头部，直至救护车到来，他依然单膝跪在地上，协助120医护人员对女子进行检查和救治。女子被救护车送走后，年轻男子从冰冷的地上起身，这时候，他才发现自己已经在地上跪了半个多小时，一直没有换过姿势，双腿麻木，动弹不得。

年轻男子救人的事迹受到了现场围观市民的高度评价，并有热心市民给拍了照片发到网上，当记者辗转找到这个年轻男子的时候，才发现他就是山东大学第二医院消化内镜中心护士、24岁的吴付运。1米78的他，身材挺拔，面容俊秀，气质出众，是人群中十分亮眼的一枚帅小伙。

“这位女士全身抽搐，口吐白沫，我初步判断是癫痫发作，我扶着她一是保护，再是准备病人呕吐时可以随时侧头避免误吸。这期间患者的呼吸和颈动脉搏动一直正常。”吴付运回忆道，“其实现场不止我一个人，还有好几个人在帮忙。看到这些人都在共同守护一位陌生人，自己也感到特别暖心。”

“这真的没有什么，作为医务工作者，这是我的责任，不分医院内外。”吴付运对记者说。

据山东大学第二医院消化内镜中心护士长张楠称，吴付运一直是科里的暖男，在科室的公共更衣室里，他每次都帮大家把不同的隔离衣分门别类地挂好、叠好，非常细心，而且他还多才多艺，太极拳、唱歌、跳舞都不在话下。

看到这样又暖又帅又有才的小哥哥，网友们纷纷表示：

“人帅心更美，济南到处都有好人。”

“心灵美的人都长得漂亮帅，相由心生嘛。”

“好温暖啊，原来大爱就在我们身边。”

“这个跪在地上的男孩，一定是所有女孩都想嫁的。”

致敬语：

帅气的脸庞，着色青春的靓丽；

坚定的跪地，托起生命的希望。

“别紧张，有我在。”

白衣天使的臂膀，温暖而有力量。

骑车出险情，女医生紧急施救赢点赞

“妈妈！你怎么了！”一名女士骑车带孩子上学途经济南护城河附近时不慎摔伤，满脸鲜血地倒在路上，孩子大声哭泣，幸好一名医生路过帮忙检查相救，该医生救人的行为获得许多网友点赞。

2019年9月26日上午7点多，一名女士骑车带孩子上学途经济南护城河附近时不慎摔伤，满脸鲜血地倒在路上。幸而此时，一名医生途经此处，对伤者紧急检查施救后，和围观的市民一起将她送上救护车。

事后，有拍下这段视频的市民，欲寻找这名好心人。几经寻找，大家终于找到了她——来自山大二院儿童保健科的赵世春。据赵大夫介绍，早上7点45分，她正在上班路上，走到护城河边上的时候，看到几个人围在前边，一个孩子哭得很厉害。她上前一看，一名骑电动车的女士躺在地上，满脸鲜血。孩子说，早上他起床晚了，一直催妈妈快点走，可能太着急了，母亲不慎翻车摔伤在地。

赵世春迅速对伤者进行了检查，发现她的脉搏和意识都还算正常，问话对方有回答，就和周围群众一起边安慰孩子边等待120到来。“大人看起来没什么大事，孩子一直在哭着说妈妈对不起，我就安慰她说妈妈没事，放心。”不久之后，120到达现场，赵世春将其送上救护车又匆忙赶往医院。“也没什么大事，还被你们都关注到了。”赵世春说，到医院后已经迟到了15分钟。“希望受伤的女子能够平安脱险。”她表示，这是她作为医护工作者应该做的，以后遇到该救人的时候还是会出手相救。

“最美护士跪”，一种超越平凡的力量

一名骑摩托车的中年男子，趴在路边不省人事，一半侧脸露出，口鼻部都是血。

山东大学第二医院新生儿科护士巩靖上班路上看到这种情况后，立即上前查看，检查伤者伤情后，给伤者简单清理口鼻分泌物，进行胸外按压等心肺复苏操作。在等待救护车的几分钟里，巩靖一直“跪”着给伤者做支撑，护住伤者颈部，跟伤者说话，激发伤者求生意志……

2019 年 9 月 4 日，巩靖这个“跪姿态”在朋友圈热传，被誉为“最美护士跪”。

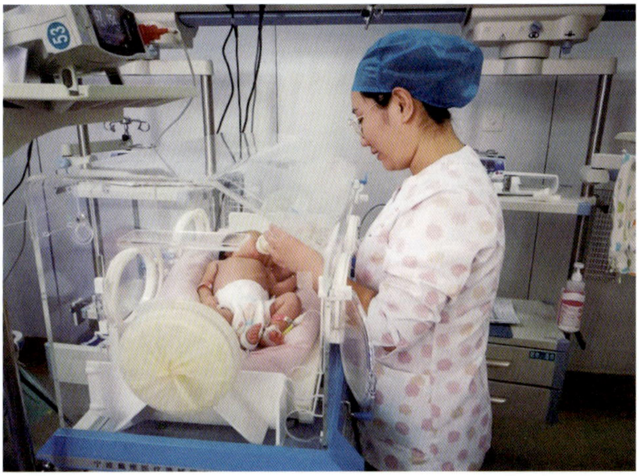

巩靖在工作中

“最美护士跪”，是一种平凡的力量。

没有剧本、不拼演技，救人是最真实的选择，“跪”是最自然的流露，令人心生敬意。据了解，巩靖是山东大学第二医院新生儿科的一名护士，平时就很乐于助人，对有关外伤病人急救方法能够“烂熟于心”。巩靖说，“只要遇到人命关天、需要医护人员紧急救护的事儿，不管是不是在上班期间，我们都有义务、有责任去救人。”“不去救人，会自责一辈子。”

我们为“最美护士跪”点赞，为这位普通得不能再普通的平凡护士点赞！

“最美护士跪”，更是一种超越平凡的力量。

巩靖是一位平凡得不能再平凡的护士，在她看来，为救人，“跪”很正常。我们很容易被这样的平凡人和“正常事”所感，我们本就是社会生活中的平凡人，每个人的“正常事”，不仅体现着个人修养和素质，也是城市温度的重要组成部分。

“最美护士跪”之所以走红，因为平凡是一种力量，她真实有力，人人可以近距离感知；她感人至深，让人能潜移默化汲取营养；她积少成多，能够汇聚成巨大能量。

平凡人的善心善行，是我们这个社会最为金贵的资源。为“最美护士跪”感动，更要一起努力，乐于做平凡小事，勤于做点滴“正常事”，让人与人更和谐，让城市更温暖。“最美护士跪”，正是这样一种超越平凡的力量。

护士高难度睡姿令人心疼

一张“儿科护士趴在椅子上睡着”的照片在网上传播，让人唏嘘之余心生温暖，被誉为“年末最走心的正能量照片”，照片主人公是山东大学第二医院儿科门诊护士关露露。

关露露是山东大学第二医院众多医务工作者的一个缩影，作为三级甲等医院，山东大学第二医院不仅有高超的医疗技术，更有优质的服务态度和社会责任感。今年一系列正能量事件，彰显着山东大学第二医院人善良、正直、无私的高贵品格，体现着甘于奉献、勇于担当的大爱精神。一个毫不犹豫的举动，扶起的是社会良知，一次不假思索的义举，唤醒的是公众善良。

说起那张照片，至今关露露还是非常不好意思。作为儿科护士，她一天

的上班时间是11:00到13:30、17:00到22:00。2017年11月25日，关露露上完夜班回到家已经接近凌晨，第二天中午患儿又特别多，所以她一直在忙碌，忙完已经快下午2点了。因为实在太累，下班还没来得及换衣服她就睡着了，同事喊了好几声都没喊醒，到了晚上她又连轴转接着上起晚班。

跟关露露一样，在山东大学第二医院儿科，每个人都是马不停蹄，日夜奋战。

2017年11月26日，山东大学第二医院儿科日门诊量更是达到了650人，相当于历年最高峰。面对这种情况，儿科全体医护人员没有丝毫怨言，加班加点早已成为习惯，他们在跟时间赛跑，守护着祖国花朵们的健康。

致敬语：

父母跟前撒娇卖萌的小儿女，
患儿眼中无所不能的守护神。
你用脚步丈量生命的厚度，
你用微笑燃起生命的温度。
当疲惫的睡姿，定格成一道美丽的风景，
霎那之间，芳华永驻。

“白 + 黑”连续奋战
白衣天使累趴在手术病床

春节即将到来，在万家团圆的时刻，总有一些人放弃与家人团聚的机会，仍尽心尽职、默默坚守在岗位上，为我们的健康保驾护航。

2018 年 2 月 10 日深夜，山东大学第二医院第二手术部内，大家一直在忙碌着，先是两台心外科主动脉夹层动脉瘤手术，这类手术是整个外科手术中最大最难的手术，一忙便忙到凌晨四点半，紧接着又是两台肾移植手术，之后又有手足外急症肌腱修复、抢救……接连不断的急症手术，让医护人员不敢有些许放松。

就在肾移植手术的取肾间隙，两位“白 + 黑”连续奋战的白衣天使，趁着些许空闲，在处理室内打了十几分钟盹，留下这张让人颇为心酸又感动的照片。

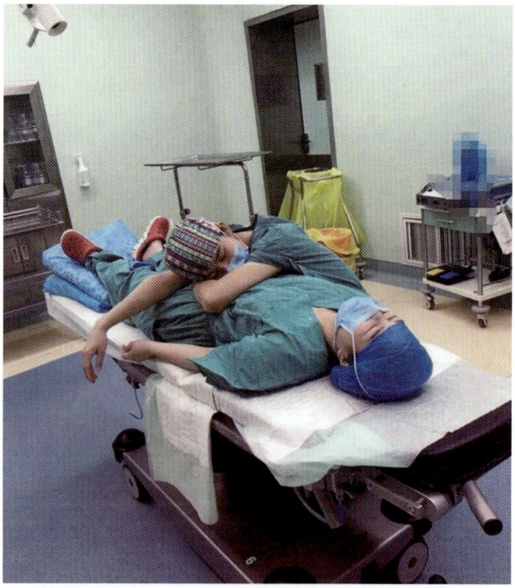

第二手术部护士长李冬青称，照片中的两名护士那天值夜班，从10日17:00到11日8:45，两人一直没有闲着。两名护士被同事们昵称“二芳”，经常搭档一起值班，一名叫方芳，一名叫韩芳，年龄都不大，但工作中一点儿也不娇气。

1991年出生的方芳已经工作4年，今年1月初，她被确诊腰部长了个肌肉纤维瘤。因科室工作量很大，平均下来，一天常规手术约40台，还有随时增加的急诊手术，同事都是连轴转，方芳就一直拖着不做手术，最近瘤子长大，疼痛感加重也忍着，到了快休年假时才同意手术。11日下了夜班，方芳做了术前检查，当日下午接受纤维瘤摘除手术。

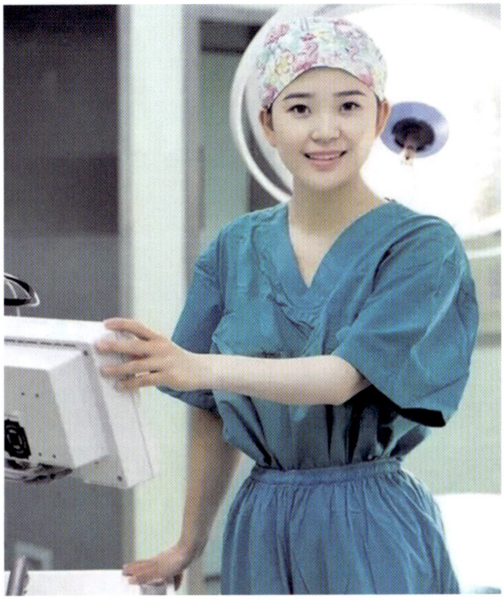

方芳说，作为一名手术室护士，照片中的情景只是手术室兄弟姐妹们平时工作的一个普通场景。累了困了要坚持，在手术间歇的时间，趴在手术台上歇会儿，或在地板上坐一会儿就行，“我只是做了本职工作，为了病人早日解除病痛的困扰，苦点累点我们心里也高兴。”

说起当晚的主动脉夹层动脉瘤手术，方芳回忆有一件小事让她觉得感触很深，“爸爸要进手术室了，对儿子说，‘孩子，爸爸管不了你了，你好好照顾自己’，12岁的儿子对爸爸说‘去吧，有医生呢’，他们这么信任我们，我们有什么理由不好好工作。”

据了解，最近医院内急症手术较多，手术室夜班接连启动一线至五线听班，医护工作人员时常连续工作达20多个小时，承受着比平时更大的工作压力和强度。

【脉脉温情常在】

MOMO WENQING CHANGZAI

有一种浪漫叫医生的爱情

你理想中另一半的职业是什么？最具安全感的答案一定是：医生。

但是，当医生真的成为自己的另一半时，很多人都会发现，安全感这东西，医生绝对有，但并不一定是给你的。失望、扎心、委屈？但有一种情况是例外，那就是夫妻双方都是医生——他们互相忽略，再互相谅解，互相忍耐，再互相宽容。周而复始，百转千回，缠绵悱恻。

在山东大学第二医院中，有不下 20 对夫妻同为医生，在七夕、医师节到来之际，我们来听一听他们的故事。

随时随地可能消失，但有限的时间都愿给你

杜亚婷（左）：消化内科医生；郑家春（右）：创伤骨科医生

从做医生的那天起，时间就不再属于自己，更不属于爱人，而是属于患者，属于疾病，属于生命。24 小时随时、随地待命，是医生工作的常态。

29 岁的杜亚婷，结婚刚刚 1 年，她记忆犹新的是自己新婚期的一天晚上，凌晨 3 点多醒来后，发现身边没了人，迷迷糊糊地拨通了老公郑家春的电话，接电话的是一位女护士，说是新郎正在医院手术台抢救病人。要不是自己也是医生，真的很难理解新婚时半夜三更消失这件事。

"每次吃饭的时候，已经习惯了电话铃声响起。尽管心情复杂，心里却默念没事没事，但往往每次都不能如愿，然后就看见对方赶紧扒拉几口饭，拿起手机就走，头都不带回的。"

为了在不确定的时间缝隙中挤出空来陪伴对方，他们愿意等待，以及等待偶遇。

为了和杜亚婷吃一顿午饭，郑家春经常等她到 1 点钟，用他的话说："肚子被想对她说的话填满了，一点也不觉得饿。"

有一次，科里来了好几个重症病人，郑家春连续值班 3 天没有回家，却在急诊抢救室会诊时遇见了杜亚婷，虽然两个人一直忙着抢救病人，一句话都没说，但是都感觉好幸福。

对他们来说，那个时候，多见一次面，就是赚到了的感觉。

医生之间的爱情，就是努力在碎片化的时间里，找到对方的世界。

20 万字的留言，成为你我甜蜜的支点

给医生打电话，全靠运气。

一方给另一方打电话时，通常都是："有病人""马上手术了""一会儿再说"。

话到嘴边却要硬生生咽回去，分分钟憋出内伤。但还是会大度地说："你快去吧"，毕竟召唤他的，是生命啊。

但是跟患者交流就不一样了，事无巨细，周到体贴。

33 岁的刘岚说，我们跟病号说的话，比跟自己另一半说的多多了。最夸张的一次，我老公高红伟清晨 6 点就开始接听病人的咨询电话，然后打着电话出门，晚上回到家，又是打着电话进来的，让我感觉他一天都在讲电话。

微信更别提了，经常看不到或顾不上回，等看到或想回的时候，已经过了好几天了。

刘岚（后）：消化内科医生；
高红伟（前）：创伤骨科医生

从前，车马很慢，书信很远，现在，医生也是。

他们不是不想跟对方交流，而是觉得“此时最需要我的不是你。”

“但如果你需要，我也愿意尽力满足。”

相识 15 年，高红伟每次都在刘岚之后挂断电话，只为这多一秒的关怀。

同样的体贴，还珍藏在家里的五部手机里。

工作 8 年，高红伟做过 5000 余台手术，每次上下手术台，都要给刘岚发一条汇报信息，最早的时候用短信，后来手机越来越智能，开始用微信，算下来也有 10000 多条信息，20 多万字了。

一部手机的暖，就是他们内心甜蜜踏实的支点。

小小的仪式感，是忙碌中的那点甜

医生并不像普通人认为的那样冷若冰霜，他们也喜欢追求美好的事物。

李全辉和喻苗都是外科医生，一周里只有 4 天能在家里见面，其余 3 天，都因为值班错过了，有时候凑巧了，一周见不到也是常事。

喻苗（左）：结直肠肛门外科医生；李全辉（右）：胃肠外科医生

喻苗说，两个人生活的交集少了，时间一长，难免有些乏味，所以，我们都很注重在生活中制造一些小小的仪式感。

7 年前，李全辉精心选好钻戒，跪地向喻苗求婚；7 年后的结婚纪念日，李全辉又悄悄买了喻苗心仪已久的“挚爱”项链送给她，那是一条镂空的心形项链，寓意“我的心中只有你”。

因为工作繁忙，没有时间一起逛商场，但每年的情人节、七夕、生日、纪念日这几个日子，他们都会专门拿出时间，精心挑选送给彼此的礼物。

他们会选择 6 天上 3 个 24 小时班，累到“丧心病狂”，只为腾出两天时间，一起出去旅旅行、散散心。

忙碌的日子里，回味是幸福，日常的小浪漫也从不缺席。

那么，偶尔的不见面又有什么关系呢？

厨房是家里的摆设，一餐家常饭就是幸福

医生夫妻家里最干净的地方是哪里？

毫无疑问是——厨房。

经常一日三餐都在医院吃，根本没机会下厨。

刘景（右）：眼科医生；孙金辉（左）：心血管外科医生

50岁的孙金辉说，我们吃饭不按时间，什么时候忙完什么时候吃，有时候做完手术3点多，午饭晚了，晚饭早了，能吃的只有外卖了。

外卖，是医生餐桌上的主角。一个医生一周所吃的21顿饭里，80%以上都是外卖。连专送医院的外卖小哥，都大呼要跑断腿。

“都是同事帮着点，我跟他说我喜欢吃排骨米饭，有一阵连续一周都给我点这个，后来每次吃的时候想跟他说，下回换个样，但转身就忘了。”

吃饭，有时需要速战速决，有时也是享受温馨的时刻。

妻子刘景，结婚以前从没下过厨房，从小对鱼腥有着天然的厌恶。但老公从小喜欢吃鱼，没有鱼的晚餐总觉得缺点什么。

为了让老公吃好，在刘景的手机里，最常打开的是一个叫做“下厨房”的APP，现在，刘景已经掌握了一条鱼的红烧、清蒸、糖醋、干炸等好几种做法，孙金辉评价，口味不亚于星级饭店。

尽管在家吃饭的机会少而又少，但每一餐对于两人来说，都是最甜美的家常。

只要我们在一起，就是最放松的时光

由于工作忙、压力大，许多医生喜欢用最刺激的方式来排遣，比如：吃辣、喝酒、高强度运动。

宋慧玲（左）：内分泌科医生；许荣廷（右）：急诊医学中心医生

但对于即将步入金婚的许荣廷和宋慧玲来说，他们则习惯在一个个汉字、一页一页书稿里，寻找幸福。

“90 年代开始参编第一部书，我们觉得这也是一种放松吧，工作的时候往往是快节奏的，到了晚上我们就慢下来，把自己的所学所得，写下来。”

最开始，是手写，手稿现在还存在一个大箱子里。后来有了电脑，我们就学打字，年纪大了学的慢，学了一年后，就和年轻人差不多了。

现在，他们的成果已经成了 12 本书，其中《内科常用数据手册》《临床冠心病》成为临床医学生、实习医生以及基层医院医生的重要学习参考。

许荣廷说，我们那代人只要在一起，他干什么我干什么，夫唱妇随，就是浪漫，就是幸福。

许荣廷在急诊工作了 20 多年，为了少上厕所，早上从不喝水，每天晚上回到家中，宋慧玲总是切好水果送到他跟前。

医生之间的爱情就是，你一直在我身边，懂着我。

医院，常被形容为“没有硝烟的战场”。医生夫妻，不只是伴侣，更是战友。你知道，每天面对生离死别、血雨腥风的他，其实和自己一样，正在进行着一项救死扶伤的事业，这项事业关乎健康、关乎性命。

每天最高兴的事情，是跟对方诉说今天抢救成功的患者；每天最伤心的事情，则是深深自责自己没有抢救过来一个病人。这样的爱情里，爱着爱着就爱出了侠肝义胆，爱着爱着就爱出了相敬如宾。

医生之间的爱情也许就是这种感觉吧：“最无奈的事，是你也是医生；最骄傲的事，也是你也是医生。”

我们的青春，不老的青春

21岁，正青春

“青春是发自内心的热情。我想让我的笑容，成为病人来到医院接到的第一张名片。”

——门诊导医 张晓涵

“今年我刚刚参加工作，对我而言，青春意味着快速成长，比如我现在做梦都想练就‘一针见血’的功夫。”

——神经内科护士 郭航云

“青春有无限可能，但是现在，做好我的本职工作就是最好青春。”

——供应室护士 王淼

“我的工作是餐点结账，虽然看起来很枯燥，但是我自己很喜欢，我的青春我做主嘛。”

——善德餐厅服务员 赵一颖

2018年，她们，都是21岁，这也是她们的单位山东大学第二医院的年龄。

在医院21岁生日来临之际，我们通过21年来的几个小故事，重温这所医院的青春过往，回忆并不是留恋，而是更好的前行。

21岁，正青春。

不老的青春

1991 年筹建处部分工作人员合影。最后排左一为赵庆山

1996 年 8 月的一个下午，赵庆山在距离这所医院仅有 1 公里的沃家木材市场转悠了一个下午，他在寻找一种既便宜又结实的木材。最终，他驻足在 200 棵 30 年生的水曲柳原木前。

时年 34 岁的赵庆山，是医院筹建处工程师，在此之前，他和他的伙伴们一起，为这所崭新的医院经历了长达 10 年马拉松式的筹备，一切为了达到他们心中的理想标准。

三天后，这 200 棵原木被送往北园大街 247 号大院。赵庆山已经在这里搭好一个 600 平方米的巨型工棚。此后 5 个月的时间里，赵庆山又分 8 次购进了 1600 余棵原木，它们陆续在 28 个工人的手中完成华丽转身，变成了这所医院的 200 多种，共计 3000 余件医疗家具。

“那个时候年轻，所以没白没黑的，就在那个工棚，天天晚上亮着灯，一干就是凌晨两三点，第二天早上起来接着干，有时候困极了，就在椅子上眯一会儿。”赵庆山回忆道。

那时，中国的市场经济早已开始多年，然而，符合标准的大规模医用家具在市场上依旧罕见。选择用木材加工医疗家具，除了节省开支，更多的是实木对人体没有危害的安全特性。

这批家具全部采用浅灰色环保油漆，这个颜色是赵庆山与多位科主任和护士长共同商定的，他们认为，浅灰色质朴、柔和，能让病人感觉到安宁。有近五成家具直到今天仍在部分科室使用。

从细节为患者考虑，是这所医院的初心。明德楼和崇礼楼，是建院之初最早的病房，其中全部采光面皆留给病房，而办公房间全都留在背阴面，这种传统保留至今。

2011 年，49 岁的赵庆山刚刚参与完成了这所医院至善楼的建设，这是这所医院最新的病房楼。与之前“病人优先”的设计理念一脉相承，这里的病房全部安排在阳面。这栋大楼外形像一艘帆船，寓意“生命之帆”。

“自己的青春就是在这里度过的，力气没有当年足了，但是心里那股劲还有。在医院里干不了救死扶伤的活，咱得有治病救人的心。”赵庆山说道。

赵庆山保存的亲手绘制的 600 余张家具设计草图，大到诊桌、衣柜，小到办公椅、储物台，每一个品种都绘有正、侧、反三个方向的立体图案。

赵庆山在翻看老图纸。他的手边即为他当年设计的斗橱抽屉

我用青春成了你

陈鹏，42 岁，创伤骨科医生，这所医院的众多“医二代”之一。

他的父亲，陈增海，曾经是这里的骨外二科主任，也是这个医院最早的创业者之一。

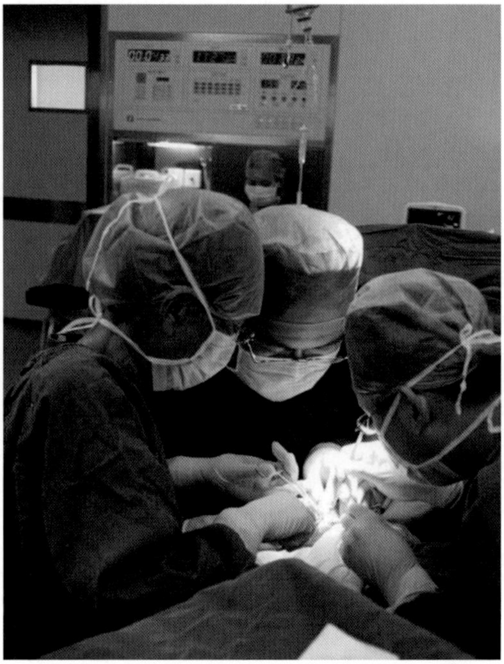

2006年，父子同台手术，左一为陈增海，左二为陈鹏

21年前，这个医院刚刚成立，骨科还未曾从大外科分出，陈增海和时任大外科主任的王集锷教授，承担了骨科绝大部分的手术。在陈鹏的记忆里，那段时间的夜晚，父亲常常因为急症半夜返回医院手术。

一天三五台手术，连续站立五六个小时是他的工作常态。骨科手术，不同于其他外科手术，通常用截骨刀等工具，连续做锤打动作，这需要力气，更需要技术。在这所医院的日子里，他曾为4000多位病人进行过手术。

然而，陈增海的工作只停留在这个医院的第11个年头。他因患胃癌，于2008年逝世，享年58岁。在他生命结束前的四个月前，他的胃已经全部被切除，他还曾在手术台上连续工作过3个小时。

陈增海生前，已经是全国知名的骨科专家，他的脊柱侧弯手术直到现在仍处于行业前列。在那个年代，包括今天，跳槽意味着更多的收入，更高的地位，抑或更多的资源和更好的声誉。

而在临终前，他对儿子陈鹏嘱托："我对你只有一个要求，无论你以后医术多高明，名声有多大，都不要离开这所医院。"在陈增海看来，他所在的骨科，更像是自己亲手建起的家，是什么金钱和地位都换不来的。

此后，陈鹏接下了父亲的接力棒，继续留在这个科室工作。

“很长一段时间是活在父亲的影子底下，他是一位普通的中国父亲，但却是一位伟大的医生。我受父亲的影响很大，但我想我也应当在这里找到我的位置。”

与他的父亲一样，陈鹏对于工作十分忘我。但又不一样，他常常提醒自己，锻炼身体也是对家人的责任，当然，专门拿出时间健身依旧很难实现。

今天，在这所医院，陈鹏终于成为了他父亲那样的人。

38 号楼，那里有我们的爱情

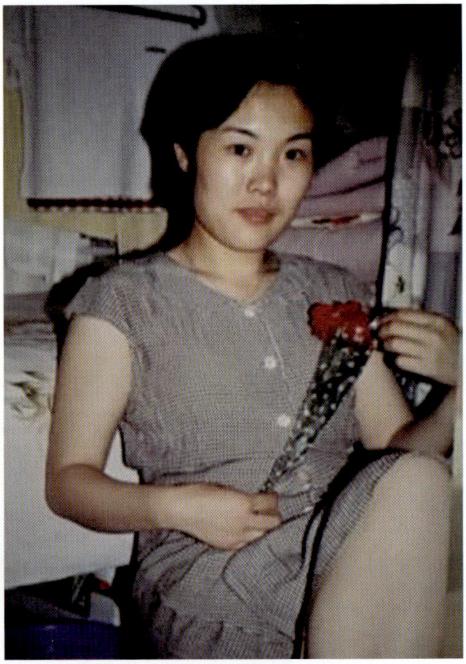

左图左一为崔永新在 38 号楼厨房做饭；右图为孟静在 38 号楼宿舍留影

晚上 7 点，刚刚看完门诊的口腔科大夫崔永新，和刚刚做完质管总结的检验医学中心技师孟静回到家中。他们 18 岁的儿子崔恒豪还在复习功课，他将在十几天后迎来今年的高考。

崔永新和孟静是这所医院的双职工，这个时间回家是他们生活中的平常。他们现在的家是在医院 2008 年建成的宿舍。而他们住的更有感情的则是这所医院曾为他们提供的另外一处住所。

位于医院西南角的这座楼，现在叫做广智南楼，而在老一些的职工口中，大家都习惯叫它 38 号楼，这是这所医院最早的职工宿舍。当年，在 38 号楼里，曾经住过 200 多名单身职工，他们大都在 18 到 30 岁之间，是这个医院最年轻的人群。

每天下班后，很多人都会在一个公共小厨房里做菜，也会在饭后相约去 1 公里外的鲁艺剧院看电影。难得的闲暇时间，产生了许多甜蜜的故事，那是崔永新和孟静那一代人的青春，也是 38 号楼的故事。据不完全统计，在 38 号楼里，共有 13 对内部职工结成夫妻，成为这所医院非常特殊的一个群体——“双职工”。

现在，他们分布在这所医院的 20 多个科室和部门，有的是医生，有的是护士，有的是管理人员。今天，他们已经成为这所医院的中坚力量。

“我们的青春过去了，现在孩子们都慢慢进入青春期了。孩子一直觉得我们这个工作很神圣，他能这样想我挺欣慰的，起码证明他对父母是一种认可。”孟静说。

致青春，“十年”的故事

2008 年 5 月，杨雪梅和她的“山东爸爸”在灾区合影

5 月初的一天，杨雪梅正在济南的家中准备晚餐。除了四川的腊肠炒饭，还有糖醋里脊和木须肉。川菜与鲁菜混搭，是这个饭桌上最寻常的一幕。

杨雪梅，27岁，汶川大地震的幸存者，和她的“山东爸爸”傅勤烨一家用晚餐是她在济南最幸福的时光。

2008年5月13日，这所医院抗震救灾医疗队在震后第二天就已奔赴灾区展开救援。傅勤烨时任普外科医生，赴灾区第一批医疗队中的一员。在位于平武县的宿营地，傅勤烨结识了这个刚刚失去父亲的女孩，当年，她只有17岁。

此后，傅勤烨和杨雪梅开始了一段跨越鲁川十年的亲情，“山东爸爸”傅勤烨成为杨雪梅成长路上的亲人。

十年间，傅勤烨除了资助杨雪梅读大学，还帮她找工作。现在杨雪梅在济南的一家企业从事会计工作。工作之余，她还在准备会计职称考试，这是属于杨雪梅的青春。

“她从中学毕业，到大学毕业，再到找工作，我都是见证者，现在就差结婚生子了，我也天天催啊，但是我知道她其实还是想回家陪妈妈啊。”傅勤烨感叹道。

十年前的今天，这个医院的3批12名抗震救灾医疗队员，在抗震前线的救助仍在继续。与此同时，从北川灾区来到医院的35名伤病员的医治即将展开。

而对于医生，他们与救助者的关系，有时候是就诊时的一面，有时候是住院时的一周，也有时是心手相连的一生。

医者仁心，换来的是杨雪梅们的青春璀璨。

用青春陪您一程，是我们的缘分

荀苏正在病房陪伴一位奶奶捏橡皮泥

济南市二环南路高架桥往南五公里，一座崭新的养老院位于英雄山路南延长线的路旁。

这是 2014 年，刚刚落成的集养老和医疗合二为一的机构，叫做善德养老院，现在，也是山东大学第二医院的南部院区。

介护楼五楼老年医学科病房，86 岁的王奶奶来自商河，已经在这里住了 209 天。每天给王奶奶及其他 8 位老人打针、喂药、聊天、擦身，是 28 岁的荀苏的日常工作。

“很多人并不理解我们的工作，他们觉得你那是给人家的老人当保姆。其实，我觉得，能陪这些老人度过他们人生当中的一段时光，是我们的缘分。”

一次雷雨天气，电闪雷鸣让住在五楼的王奶奶感到了害怕，她蹒跚着从病房跑出来，蜷缩在了荀苏所在的护士站的门后。

“‘返老还童’大概是这个样子吧。”荀苏立即跑到她的身边，蹲地轻拍、安抚她，直到她的情绪平复。

现在，这个医院共有 178 名老人在这里颐养天年。他们有的神智不清，有的瘫痪在床，而大多数依然健康。

今天，老龄化是中国已经面临的社会现象，养老院也将成为更多老人的选择。尽管这与中国人传统的孝敬思维并不一致，但这种养老方式也正在改变许多人的观念。

而对于养老院，如何用现代文明理念管理，让老人获得更高的尊严，就交给了这所养老院的 40 名护士和 18 名医生。

“青春是什么？那应该是鲜花盛开的时候吧，就像现在的季节。”荀苏笑道。

22 年，我们的时光博物馆

山东大学第二医院 22 岁生日来临之际，我们重新翻阅建院以来的珍贵文献档案，从中寻找出数例二院人创业发展“第一次”的线索，根据这些线索，笔者采访了部分当事人和亲历者，为我们还原那一段段真实的故事，重温那些记忆深处的时光。

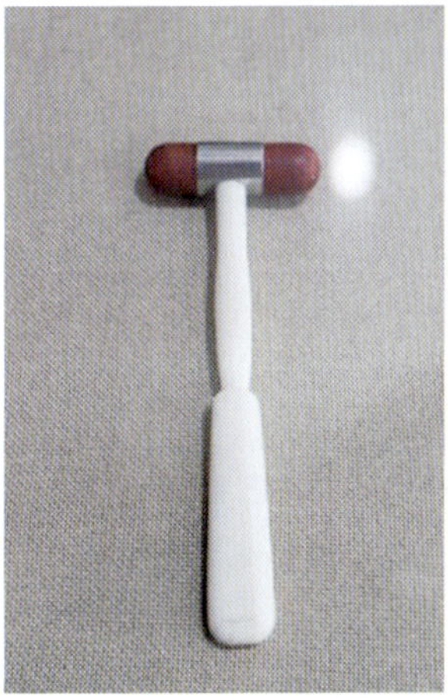
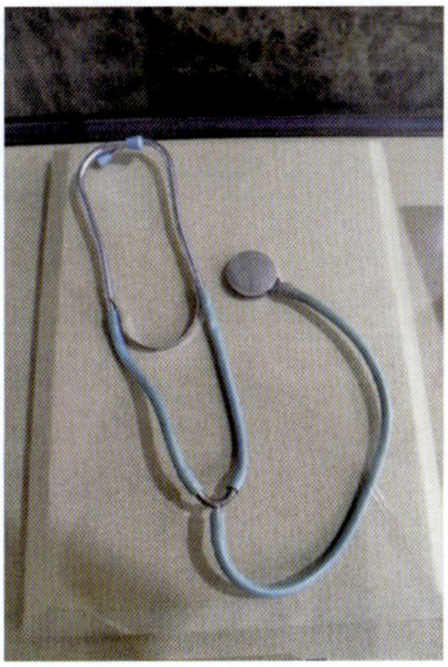
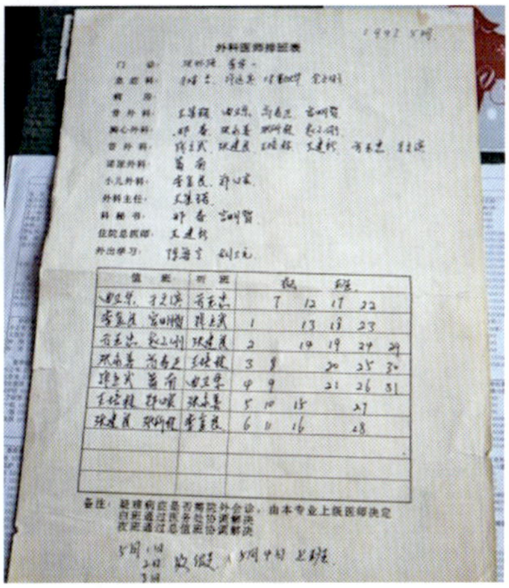

王集锷教授生前一直使用的叩诊锤、听诊器，亲手写的开诊当月的外科医师排班表

至善楼一楼的陈列柜里，收藏了山大二院的精神瑰宝。它们当中有叩诊锤、听诊器，还有医院开诊第一份排班表，这些，都是骨科老主任王集锷生前留下的。

王集锷，山东省著名骨科专家，山大二院骨科奠基人，他把自己的后半生都留给了这所医院和他钟爱的医疗事业。

三年前，为了纪念这位功勋卓著的前辈，这所医院把他曾经使用的一些重要医疗物品留在了这里。

叩诊锤，用于检查病人的神经肌肉反射功能，是骨科最常用的查体工具，通常使用三五年就会“退役”，但这把叩诊锤，却陪伴了王集锷 20 年。像士兵珍惜自己的枪一样，王集锷经常悉心擦拭，经年累月，这把叩诊锤的锤头已经褪色，锤柄也已磨得发亮。

如今，在这所医院中，他的名字几乎尽人皆知。这些物品也已成为山大二院的文物，它们背后的故事激励着无数二院人。但却少有人知道，22 年前，这所医院的第一台手术，就是他和助手一起完成的。

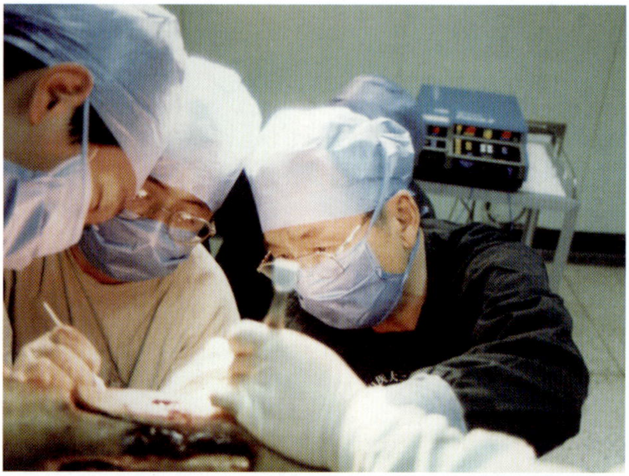

王集锷（右一）和宫明智（右二）正在手术

1997 年 5 月 19 日，时年 32 岁的宫明智作为主治医师，与王集锷共同完成了这所医院正式开诊后的第一台手术。

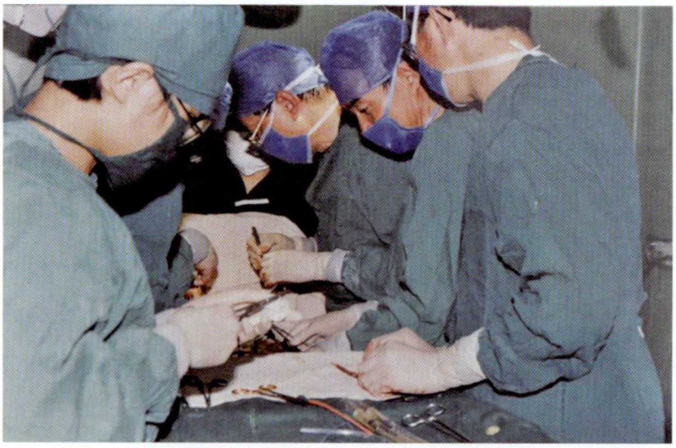

2001 年，儿外科陈雨历教授（右三）带领团队进行手术，术中大部分器械是从上海医疗器械总厂购买带回的

今天，宫明智依然清晰地记得，“那个病人是个小伙子，左腿骨折，当时做的钢板内固定术，因为是医院开诊后的第一台手术，所以终生难忘。”

这台手术，使用了包括骨刀、骨锉、骨锤等在内的 80 余件器械。尽管在当时这所医院手术不多，但是各个专业的器械都是必备的。为了配齐各个专业的手术器械包，今天的我们很难想象，医院的一部分器械是靠两名医生和一名护士千里迢迢背回来的。

为了扩充医院的器械装备，是年 6 月，手术室护士毛淑芝与外科医生邢春、张永善一起踏上去往上海的列车，前往上海医疗器械总厂购买手术器械。

毛淑芝说：“那个时候没有高铁，坐不起飞机，就是坐绿皮火车，晚上的车，第二天早上到的，顾不上休息，直奔上海医疗器械总厂，我们三个人挑了 3 天，整整 4 个大箱子。”

管道钳、游离钳、钢丝剪等 100 余种、共计 1000 余件手术器械，装了满满 4 个斗柜大小的纸箱，重达 200 公斤的器材，就是这三个人跨越 800 多公里，一路颠簸运回的。

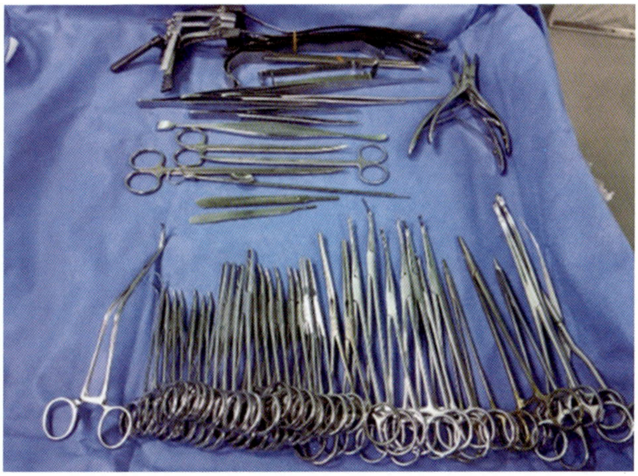

2019 年心血管外科手术器械包之一，其中脑压板、拉钩、卡尺等手术器械已经使用了 22 年

这批器材解了医院的燃眉之急，成为山大二院建院之初最重要的器械来源，在此后的岁月里，它们曾无数次与医生配合，救死扶伤，其中有一些直到今天还在使用。

1997 年 5 月 18 日，医院举办隆重的开诊典礼，
护士们穿着自制的护士服参加典礼

孙爱民是当时后勤服务中心的员工，他在三孔桥布料市场分批采购了几十匹布料，送到医院西北角的职工宿舍楼中，这里的两个房间被临时改造成了“被服厂”。医院聘请的 5 名裁缝日夜不停，在这里加工医院日常所需的被褥、床单、手术单、病号服、隔离衣。

每当科室来了新同事，都会首先到“被服厂”报到，领取新衣服，对他们来说，穿上印有二院标志的隔离衣，是一种必不可少的仪式。孙爱民回忆说：“一边是医院，一边是工厂。那种场景，我们今天绝对看不到了。那种心情，今天的年轻人怕是也难以体会了。”

在物资并不富足的年代，这所医院秉承着自力更生、丰衣足食的传统。建院时的 4000 余件家具、5000 套被服都是自己设计样式，聘请人员在医院制作完成的。

1997 年，医院的灯光亮化工程完成，每当夜晚来临，正红色的霓虹大字映亮夜空，配合橘黄色的灯带设计，营造出一种温暖、大气的氛围。

为了给医院永久地保留下这幅美丽的画面，葛楠、李延鹏、宋承木三个年轻人下足了功夫。

开诊前的一个夜晚，医院西北侧的新富祥饭店顶楼，《山东画报社》摄影师侯新社正手持相机，紧紧地盯着医院的主干道，他在等待最佳时机的出现。

一辆洒水车的倾洒让路面的积水深至脚踝，不久，三辆黄色出租轿车疾驰而来，车辆过处，波平如镜的水面泛起层层涟漪，借助水面倒影，一张荡漾着温暖涟漪的夜景照片就诞生了。

此后，这张照片，频繁地出现在省内的各家媒体上。

1997 年刚开诊时医院美丽的夜景

直播活动结束后，工作人员合影，前排左二为孙嘉珍，
二排右三为徐永萍

2000 年 1 月 1 日，21 世纪的第一个清晨，齐鲁电视台“新千年，新生命”现场直播活动，在这所医院的产科记录了新生命出生的全过程，这在山东省内是第一次，山大二院有幸得到这一机会。

但是，要在两小时直播时间内有一个自然分娩的过程，是很难把控的。所有人严阵以待，不敢有丝毫懈怠。

39 岁的妇产科医生徐永萍负责接生。她回忆说，“对我们来说，是生命安全；对电视台来说，是播出安全。所以前前后后，我们的方案制定的很详细。那种感觉，既紧张，又欣喜。”

当时的妇产科主任孙嘉珍作为嘉宾，在临时搭建的直播间负责现场解说。

孙嘉珍说：“上手术不紧张，上电视紧张。最后母子平安，按计划播出，我们所有人如释重负，也感觉很有成就感，我们的努力被大家看到了、认可了。”

二十二年来，一代代人奉献接力，山大二院已成为全国首家“新三甲”医院，来医院就诊的病人也越来越多，医院也在一年年成长壮大。

孙嘉珍退休后，仍然按时看门诊，参与疑难病例研讨，直至80岁；当年的徐永萍已成为产科的“新班长”；宫明智接过了王集锷的接力棒，现在成为创伤骨科主任；毛淑芝依然与手术器械打交道，是全院消毒供应的“大家长”；孙爱民担任基建办公室主任，为医院的基础建设出谋划策……

手术室的夜

傍晚，坐落在省城济南北园大街的山东大学第二医院，已经被夕阳的余晖浸染，夜，就要来了。

对于大多数人来说，这一时刻，意味着一天工作的结束。但是，在这所医院的手术室里，却依旧忙碌。

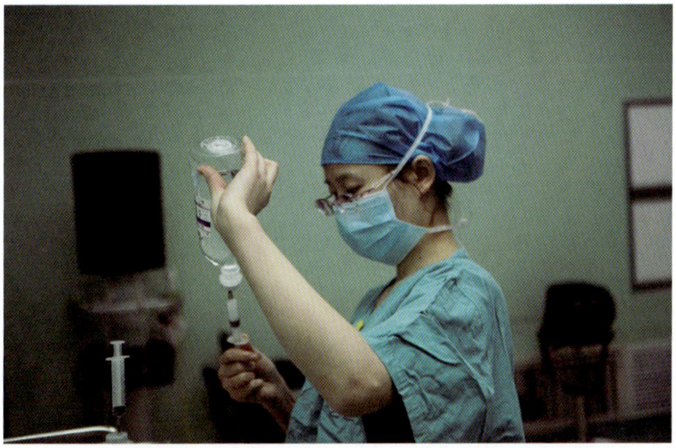

10 号手术间内，麻醉医生赵丽丽正在准备麻醉药品。15 分钟后，61 岁的动脉瘤患者李阿姨将在这里接受开胸手术。赵丽丽加快了加药的节奏。40 支药品，需要经过开启、吸药、加药 3 个步骤，120 个手部动作，她得以在 8 分钟之内完成。这是赵丽丽今天接到的第 6 台手术，她丢弃的药瓶，已经盛满了 1 个水桶大小的医疗垃圾回收箱。

伴随着一阵急促的脚步声，一名先天性食道闭锁的新生儿被送到 2 号手术间，这里，温暖如春。麻醉二科主任赵鑫已在接到手术通知的第一时间，将室温调高至 25℃，并开启手术床上的热风毯，以弥补新生儿体温易下降的缺失。他采用超声引导下的可视化麻醉，用微量输液泵为这名不足 1.5 公斤的早产儿建立起中心静脉通道，麻醉成功，等待这名患儿的将是长达 1 个小时的剖腹探查手术。

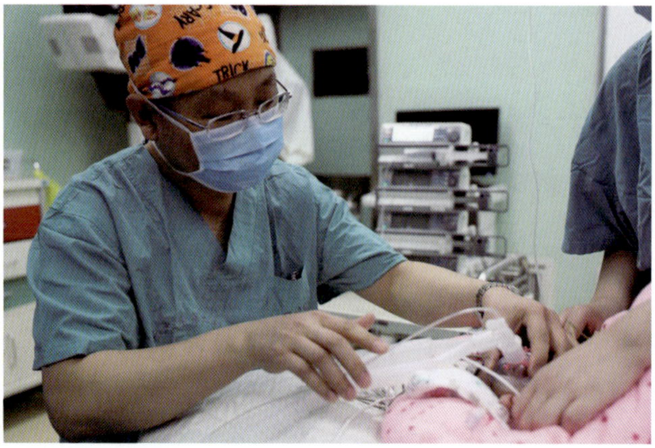

16 号手术间内，手外科 / 足踝外科主任胡勇正在为 69 岁的刘大爷进行马蹄内翻足的畸形矫治手术。从儿时起就“内八”走路的刘大爷，手术前每走一步路都痛苦异常。胡勇和他的助手黄政采用阶梯型跟腱滑移延长术，为刘大爷保留了更宽的肌腱，这比传统术式增加了近 1/3 的宽度，术后患者舒适度大大增加。这项技术也是胡勇在国际上的首创，目前已广泛应用在国内外的临床手术中。胡勇介绍，如果不出意外，刘大爷经过手术，可以恢复常人的行走姿态。

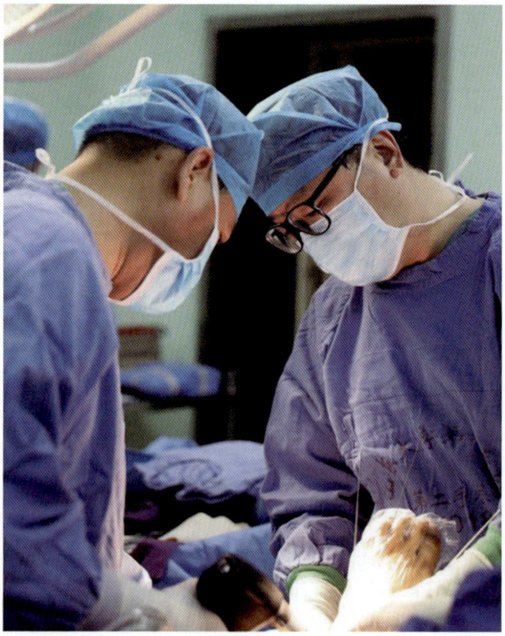

13 号手术间内 ,24 岁的手术室护士王敏正在为医生递手术器材，这是一台肾移植手术。手术台上历来分秒必争，肾移植这样的大手术更不例外。王敏必须在第一时间听到医生的指令，在 1 秒钟内反应，再用 1 秒钟的时间，在 60 种共计 180 件的手术器械中，准确地找到医生需要的那一个，迅速地递给主刀医生。整个过程，不超过 3 秒钟。

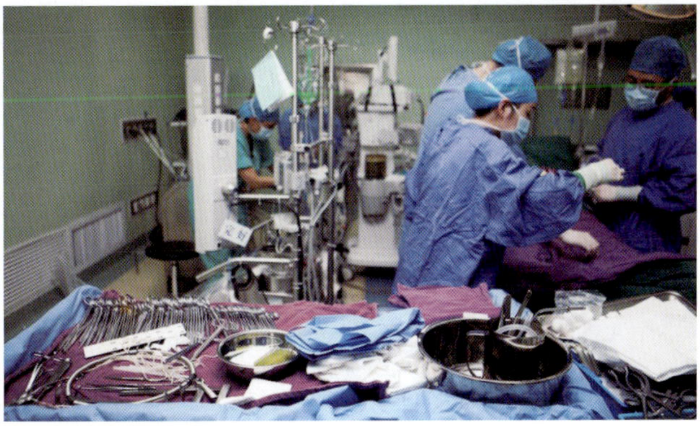

麻醉医生刘东义已经在 9 号手术间的麻醉监护仪旁忙碌了 10 个小时，这是他今天的第二台冠状动脉搭桥手术，他负责在整个手术过程中维持患者稳定的生命体征。此时 , 他感到有些困倦。他站起身子，眼睛紧盯着监护仪，向后倒退着走了几步，又走回来，连续几个来回，他成功地赶走了困意。

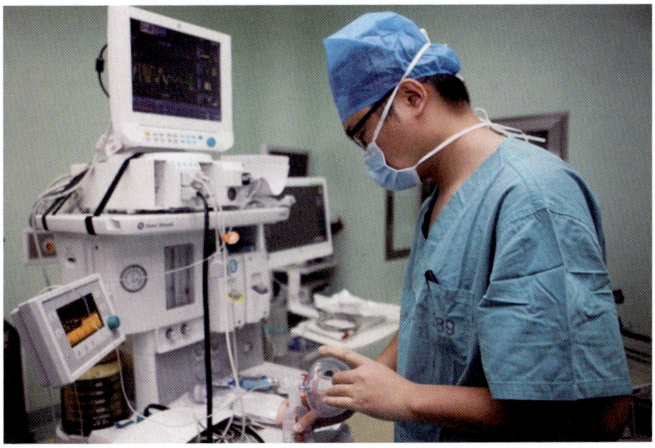

为了节省时间、加快手术周转，手术室外专门设立了小食堂，供医务工作者用餐。这也是院内唯一一个设在科室里的食堂。刚刚结束一例主动脉夹层常规手术的心血管外科副主任徐长宪，正在这里吃晚餐，“多吃少喝”是他手术前一贯的用餐原则，接下来，他将在10号手术间进行一例主动脉夹层急诊手术，预计手术时长10小时。

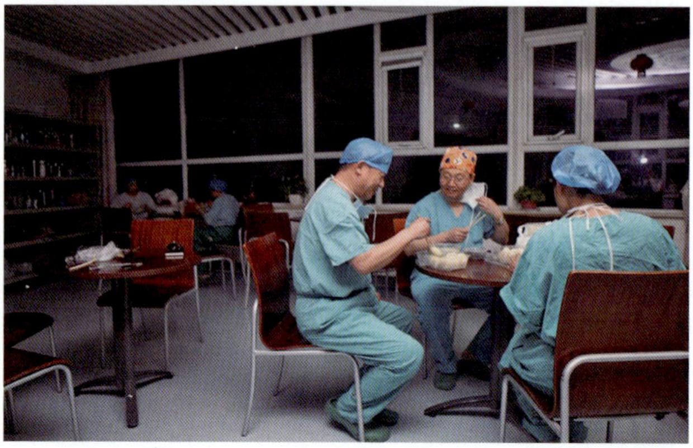

对于大多数人来说，此时，正是茶余饭后的休闲时光。但是，在手术室外的一个黑色沙发上，27岁的手术室男护士周明昊却陷入酣眠。今天，由于急诊病号增多，他连台上了5台手术，从早上8点到现在，已经持续工作近11个小时。做手术室护士2年，周明昊已经练就了随时随地都能补觉“充电”的“功夫”。

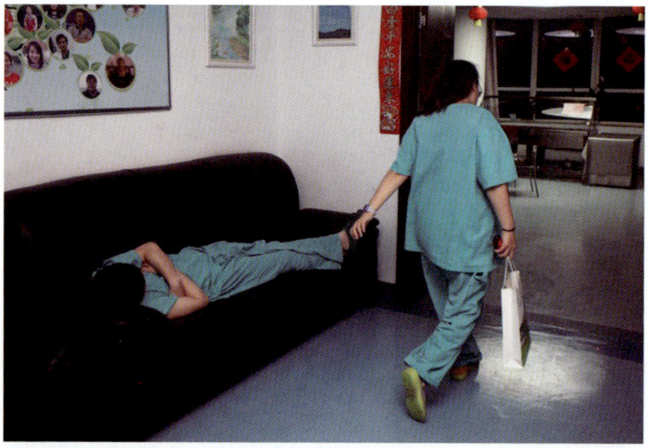

夜色渐浓。山东大学第二医院第二手术部的18个手术间中，26名外科医生、8名麻醉医生、16名护士，仍在争分夺秒与病魔抗争。

在这里，黑夜与白昼，早已不再分明。

团圆时刻，演绎医者情怀

世界再大，也要回家过年。然而对于医护人员来说，比团圆更重要的是患者的生命和健康。2019 年春节期间，无数医护人员为了守护患者，放弃了假期，割舍了和家人团聚的机会。

时光不老，步履不停

2019 年大年三十上午，60 多岁的叶女士被紧急送入手术室，她因突然在家中晕厥、憋喘被家人送至山大二院，双侧肺动脉栓塞，双下肢深静脉血栓形成。

时间就是生命，为预防血栓再次脱落出现致死性肺栓塞的灾难性后果出现，血管外科团队短时间内完成术前准备并及时完成了下腔静脉滤器置入手术，解除了患者肺动脉栓塞的风险。

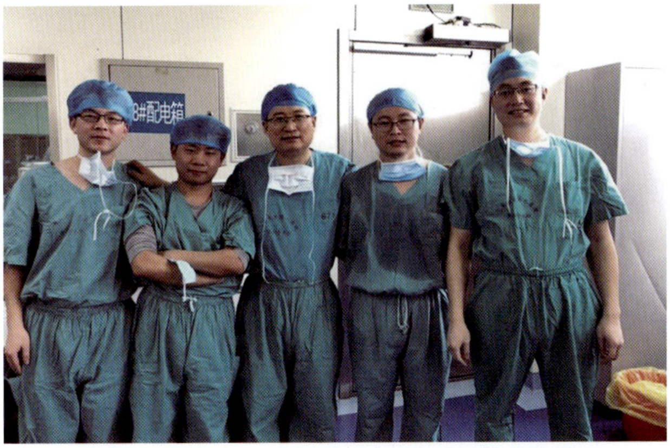

无独有偶，就在大年初一，年近 80 的李奶奶，因在家中不慎摔倒，导致左股骨骨折，患肢深静脉血栓，脱落导致肺栓塞风险较大，关节外科 / 运动医学科接诊后联系血管外科会诊，制定出完善的手术方案，经过周密的术前准备，先由血管外科放置下腔静脉滤器，关节外科 / 运动医学科接力进行股骨手术，

手术过程顺利，患者安返病房。

初一早上七点多，一名 38 岁的男性患者来到口腔科就诊，确诊为口底蜂窝织炎，非常凶险，因牙齿及口腔感染导致口底蜂窝织炎，双侧颌下、颏正中及颈上部广泛肿胀，不能平躺，呼吸困难。口腔科副主任来庆国从家中赶回医院，急症切开引流。假期期间，来庆国和主任袁奎封还分别为两位颌下间隙感染的患者急症切开引流，缓解了症状。

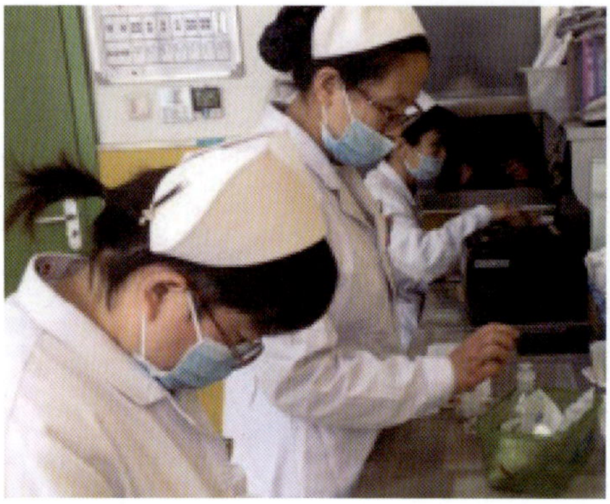

医护人员的忙碌，换来的是患者重获健康或新生命的到来。产科春节七天（2 月 4 日零点至 2 月 10 日 24 点）迎来了 134 个“猪宝宝”，比去年增加 20%，其中从 2 月 5 日（大年初一）零点 20 分第一个“猪宝宝”到 2 月 7 日 17 时，剖宫产 31 人次，包括一个双胞胎，顺产 31 人，包括一个双胞胎。大年初二还出生了一个 5600 克的超巨大婴儿。

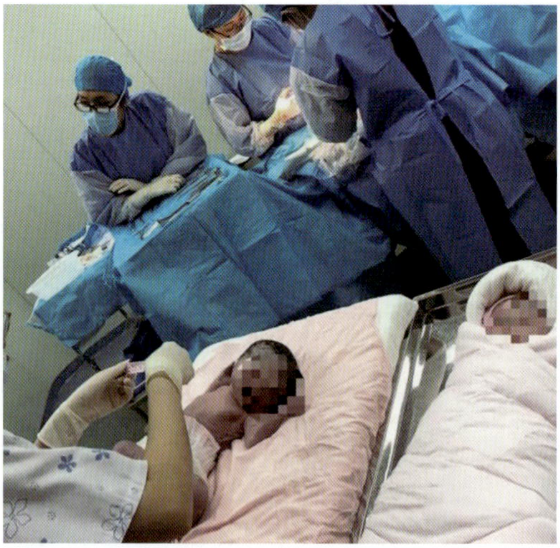

是责任，也是担当

2019 年 2 月 6 日（大年初二）下午，关节外科 / 运动医学科护士李蒙因颈部脓肿做了切开引流手术。正赶上自己值夜班，在输了两瓶液体后，仍然坚持独自值夜班，护士长要给她调班，她却拒绝了，她说对于护士来说，穿上护士服的那一刻都是女汉子。

血液净化病区的“听神”杨月香，从除夕到初一只为守护一人健康。这位患者移植术后出现高钾，情况危急，杨月香在一家人的团圆饭桌上接到电话立刻放下手中的碗筷，火速赶到医院，开始了为期八个多小时的连续性血液透析滤过。这一夜，因一个电话不能与家人一起度过，但也因一个电话注定不平凡。

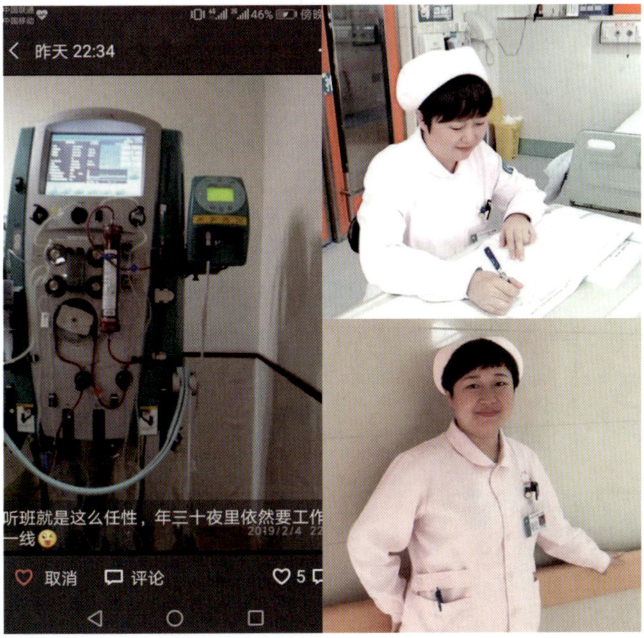

急诊医学中心的“晓姐姐”是出了名的忙碌，只要晓姐姐值班，绝对人气爆棚。在领导征求春节排班意愿的时候，晓姐姐当仁不让，主动请缨，除夕、初一的夜班全都拿下。正所谓强将手下无弱兵，作为晓姐姐的兵，新婚燕尔的小楠，幸福与快乐尚未退却，便已带着燕尾帽赋予的责任早早踏上了工作岗位。同样作为新娘子值守的还有儿内一科的白璐、张书倩和李晔，在这万家灯火举国同庆的节日里，除了对家人的丝丝遗憾，更多的是对爱人与家庭无条件支持的感恩了。

消毒供应室作为可靠的后备军，始终在尽心尽力地做好每一项工作，为临床一线尽绵薄之力。清晨 5 点半，夜班护士陈红英迎着寒风从第一手术部收回妇科腔镜、关节镜、神经科气钻等高危精密器械，整齐地摆满了干燥柜；6 点，六个呼吸气囊正在清洗中；8 点，四套 ICU 纤支镜灭菌完成，摆满了无菌间的传递窗；9 点，无菌班护士陈秀秀卸载灭菌器，小心装载以保障安全转运。晚上 10 点，依然有源源不断的剖宫产包结束清洗，准备等待检查包装。

无论临床一线，还是“幕后工作者”，医院的每一位员工都在用心值守，坚持站好 2018 年最后一班岗，微笑迎接 2019 年第一班岗。

为爱坚守，无问西东

春节是万家团聚的日子，但总有一些人为了千家万户的团聚而独自坚守一线，在山东大学第二医院就有这样一群可爱的医生护士，他们为爱坚守，无问西东。

产科：15 位宝宝除夕报到

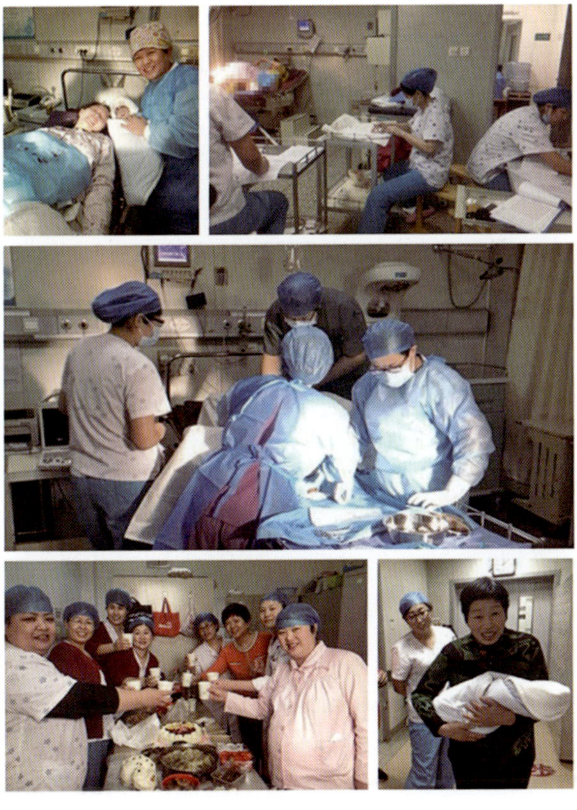

2018 年 2 月 16 日零时零分，山东大学第二医院产房里传出了一阵响亮的啼哭声。

“生了！生了！”“零点生的，一分一秒都不差！”“这也太巧了吧！”这算是狗年第一个“狗娃”吧，孩子爸妈直接取名“初一”，初一的降临给了一家人一个大大的新年礼物，虽然这个春节要在医院过了，但是全家都洋溢着幸福和感动。

忙碌却温馨，是产科的真实写照。2018 年 2 月 15 日除夕，山东大学第二医院的产房共接生了 15 名新生儿，当天还有 30 名孕妇待产。过年七天共出生 112 个孩子，剖宫产 46 个，顺产 66 个，其中初四晚上接生 17 个，医护人员一晚上未合眼。

消化内科：收治 20 多名消化道异物患者

2018 年春节期间，医院消化内镜中心共收治消化道异物患者二十余人，全部在内镜下成功取出异物，大多数患者当即症状缓解回家，其中三名患者因为异物造成明显消化道损伤而住院治疗，幸运的是无严重并发症、后遗症。年初一至初三就有六名患者因消化道异物前来就诊，异物主要为枣核、鱼刺、动物骨头、药片等。消化内镜中心医护人员接到急诊异物通知后及时到岗，加班加点、不分昼夜为患者解除病痛，看到患者康复，医护人员倍感安慰。

儿科门诊：工作中的我们更美

“不要怕，张大嘴，让叔叔看看你的嗓子……”大年初二，在医院儿科门诊里，医生们正在给前来问诊的小朋友诊断。对于儿科门诊医护人员来说，过年期间，工作强度仍没有降低。早上 8 点开始查房，开医嘱，办理出院、新入患者、坐诊、整理病历，一整天都忙碌不停。

除夕、春节这几天，为了确保万无一失，儿科最好的医护人员都在岗位坚守，很少休息。到了中午，还可以看到在病区服务台，多名医生、护士在穿梭忙碌。输液室，护士还在一个个查看患儿的情况。作为一名医生，为患者服务是职责所在。虽然工作很辛苦，但能减少孩子们的病痛，看到孩子们痊愈，他们就非常开心。春节期间儿科门诊量1720人，输液量818人。其中一位护士骄傲地说：风雨无阻，我们坚守岗位，我工作，我快乐，工作中的我们更美！

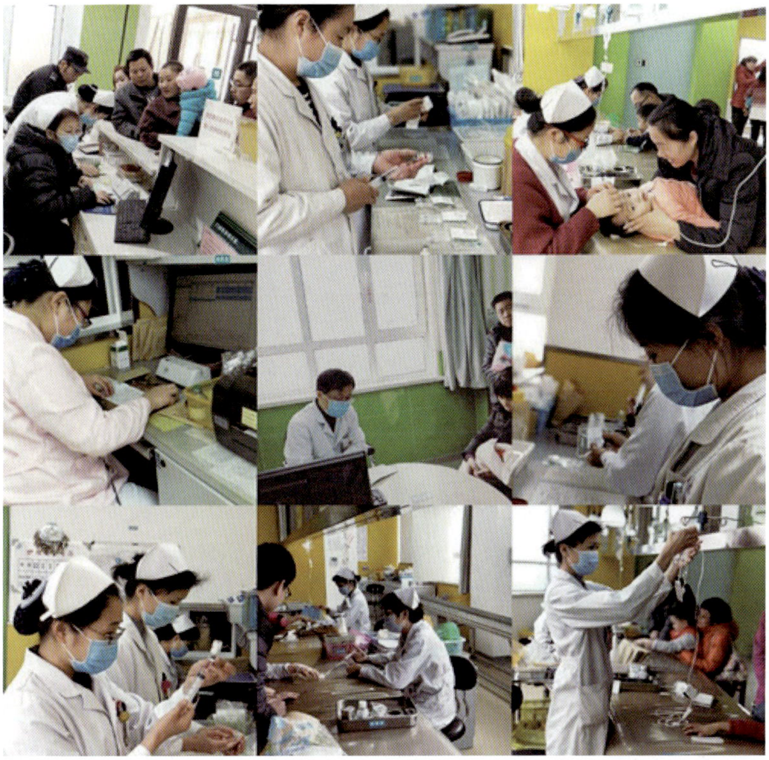

感染/肝病科：他们的舒畅，我们的坦荡

新年的钟声已经敲响，躺在感染/肝病科病床上的75岁王奶奶，终于慢慢地不那么紧张痛苦了。王奶奶是肝硬化的老病号，2017年10月底就因为腹水在医院治疗，年二十九王奶奶又因呕血不得不再次入院，这已经是王奶奶第四次呕血了，病情严重，医院下了病重，值班护士需要每半小时就查看一次老人的各项指征。从呕血、黑便，到生命体征平稳，从抑酸、止血、保肝，到给予营养液的维持治疗，从年二十九到正月初一凌晨一点，王奶奶的病情终于逐渐平稳，正月初三王奶奶已经恢复饮食。世界上没有一件工作不辛苦，愿我们都可以精致到老，眼里长着太阳，笑里全是坦荡。

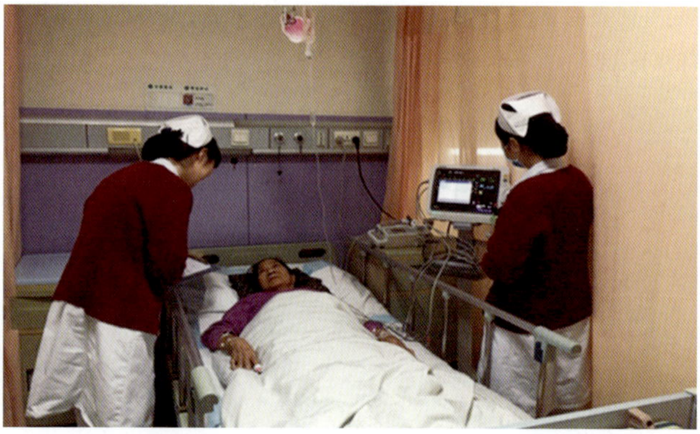

第一手术部：劳累褪不去他们天使般灿烂的笑容

一年 365 天，没有什么节假日，天天都是工作日，多少次加班，多少次累趴，好像都已习以为常，从不去人前说道抱怨这些，就这样一直默默地坚守在工作岗位上，用自己的实际行动将医务工作者以治愈患者病痛为己任，无私奉献的职业精神阐释得淋漓尽致。也正因于此，他们才能日复一日、年复一年地完成这个职业所赋予的特殊使命，尽管劳累，但他们依然绽放着天使般灿烂的笑容。

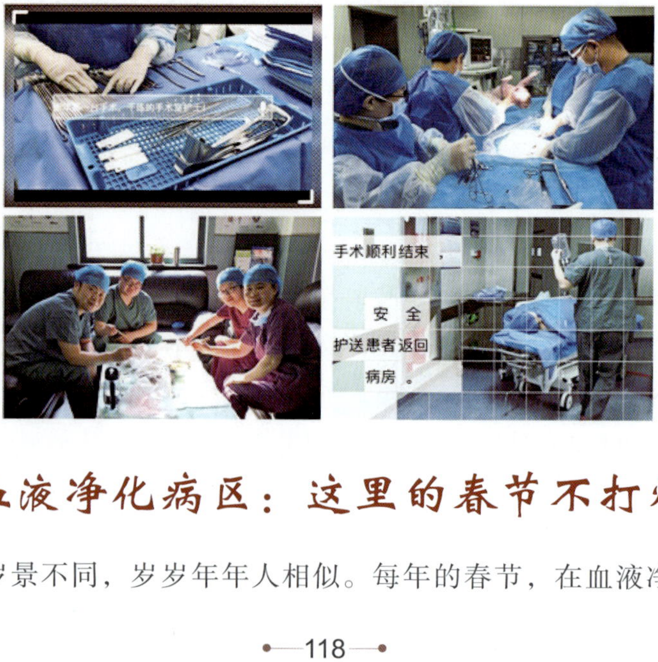

血液净化病区：这里的春节不打烊

年年岁岁景不同，岁岁年年人相似。每年的春节，在血液净化中心都会一直连续作战，堪称从不“打烊”的连战区。

2018 年的春节，是血液净化病区最忙碌的一个假期，从大年三十到正月初六，一共透析患者 332 人次，床边 CRRT 达到了 12 人次，还有的患者是夜间连续治疗，启动一线听班 12 人次，二线听班 6 人次，急会诊 12 人次，深静脉置管 6 人次，几乎所有的医护人员都处在战斗状态。孕妈妈也是坚持春节不休息，一直和大家并肩作战！

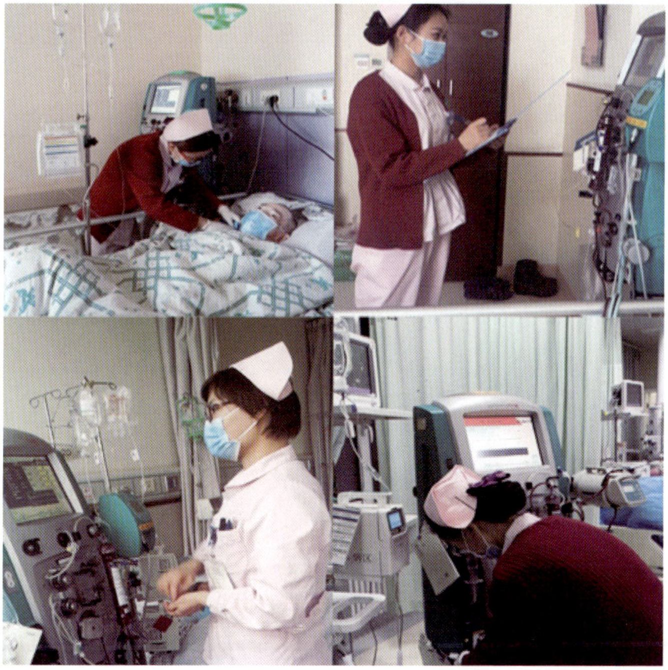

这几位是连续作业的美女战士！巾帼不让须眉，最燃体重不是最大号，但是工作起来毫不含糊。

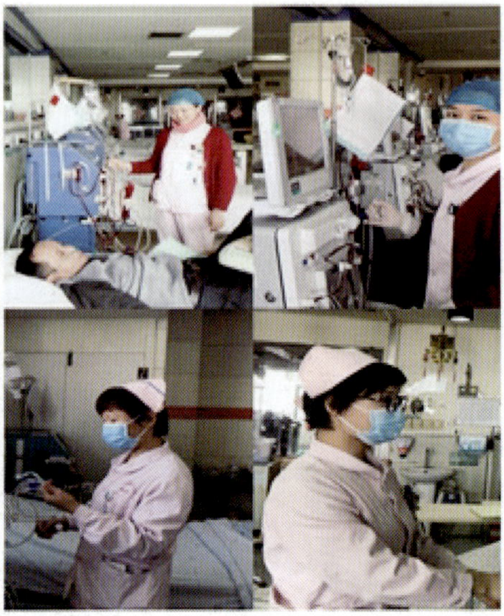

检验医学中心：这个春节，我们和科研有个约定

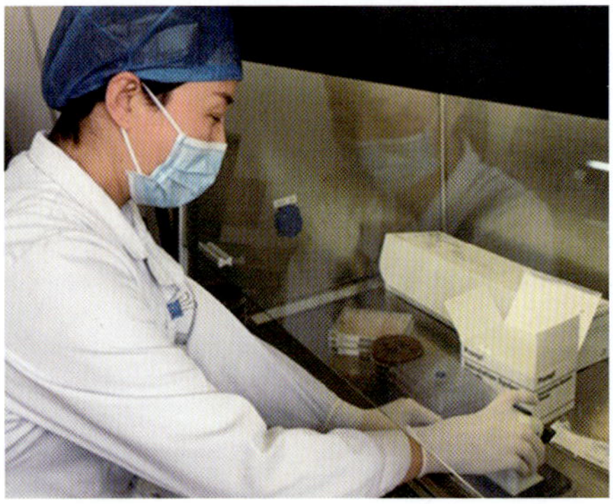

春节里有这样一批人，他们的假期模式是：值班—改论文—写标书……在他们眼里，假期是开展研究工作的最佳时机，没有了琐碎的事务性工作，可以安心做试验、改论文、写标书。检验医学中心就是这样一番景象，大家将科研工作放在假期安排的首位，争分夺秒撰写国家自然科学基金标书和论文。主任毛海婷按照平常作息时间到医院，对遇到问题的职工进行耐心指导。

她说：“平时工作忙，节假日可以静下心来理理思路。”

宝剑锋从磨砺出，梅花香自苦寒来。截至目前，检验医学中心 2018 年已发表论文两篇，影响因子均超过 4 分，在修改待投稿的 3 篇。

后勤保障部：安全保障绝不松懈

春节是团圆佳节，异乡游子纷纷踏上归途欢度春节。然而越是假期，越是后勤保障的关键期，愈发忙碌。春节期间，后勤保障部各班组的一线工作人员坚守岗位，放弃了与家人团聚的机会，只为给临床一线工作做好保驾护航。

2018 年的春节期间，医院后勤保障运行平稳，无安全事故，后勤动力保障班、电力保障班、维修保障班继续坚持 24 小时值班制度，定期定时巡检系统设备设施，确保医院水、电、气、氧、暖正常供应，为临床一线提供快速优质的后勤保障服务。

供应室：守护那片蔚蓝

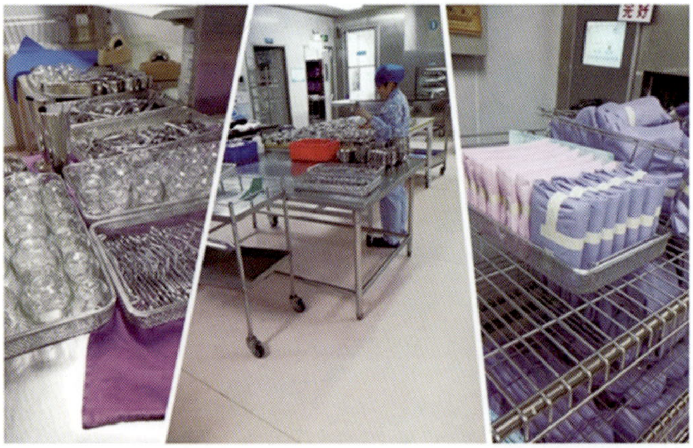

小时候，春节是一块块甜蜜的糖果；长大后，春节是一次次宝贵的团圆。从业十年，在经验中学会成长；值班十年，在辛苦中收获幸福。

消毒供应室，没有圣洁的燕帽，有的是全副武装，清洗消毒；

消毒供应室，没有精巧的试管，有的是显微器械，检查包装；

消毒供应室，一个看似轻松的科室，却时常为了急症手术器械周转，彻夜不眠，通宵达旦；

消毒供应室，一个若有似无的岗位，却需要为了抢救危重病人生命，健步如飞，追风逐电。

春节假期，一如既往坚守在平凡的岗位上，按部就班完成着日常工作：

下收下送，逆风前行。清洗消毒，规范着装。看似机械的工作，孜孜不倦；看似艰辛的环境，无怨无悔。检查包装，认真慎独，储存发放，严格把关。看似简单的流程，一丝不苟；看似枯燥的操作，精益求精。

面对科室需求，大家竭尽全力；首接负责，互帮互助，第一时间满足物品供应；面对临床建议，言出必行；满意调查，及时反馈，第一现场保障有效沟通。

蓝色的工作服，蓝色的隔离帽，他们有着蓝精灵的执着与真诚。

在这红红火火的春节，在平凡的岗位上守护着生命的蔚蓝；在这合家欢乐的新年，在值班的工作中见证着珍贵的团圆。

善德公司：最美“敬业福”

2018 年春节期间善德陪护共有 60 名工作人员坚守岗位。院本部 50 人在岗，其中产科陪护 10 名，日均服务产妇 6 人次，其他科室陪护人员 40 人，日均服务量约 99 人次，他们把病患当家人，舍小家，为大家，不是亲人，胜似亲人。

春节期间善德餐厅共有 19 名工作人员坚守岗位，共接待就餐人员 4248 人次，其中医院职工就餐人员 1671 人次，患者及患者家属就餐人员 2577 人次；大年三十共发放水饺 590 份，让医院值班医护人员感受到过年的气息。每天每餐接待就餐民警 20 人，让执勤民警吃上热汤热饭，为社会工作奉献自己的力量。接待包间客人共 8 桌，让客人在善德餐厅开开心心地吃上可口的菜肴，享受春节相聚的欢乐。

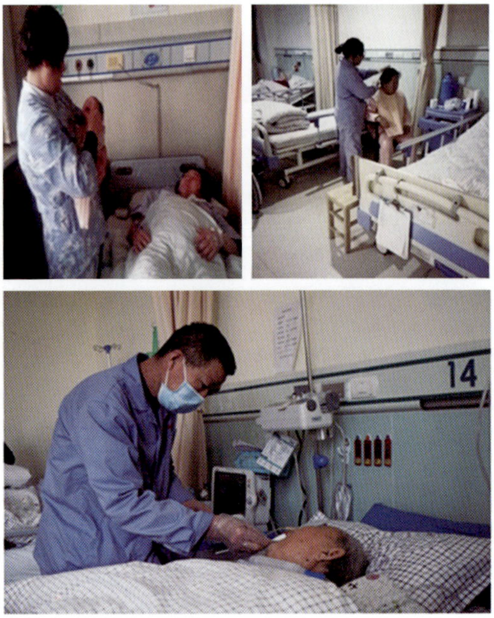
14

新年零点后：在距离生命最近的地方守候

2017 年 12 月 31 日午夜，大部分市民都在睡梦中迎接新年的到来，但在济南市北园大街 247 号，依旧灯火通明。事实上，任何节日在这里都是平常。

这里，是山东大学第二医院。

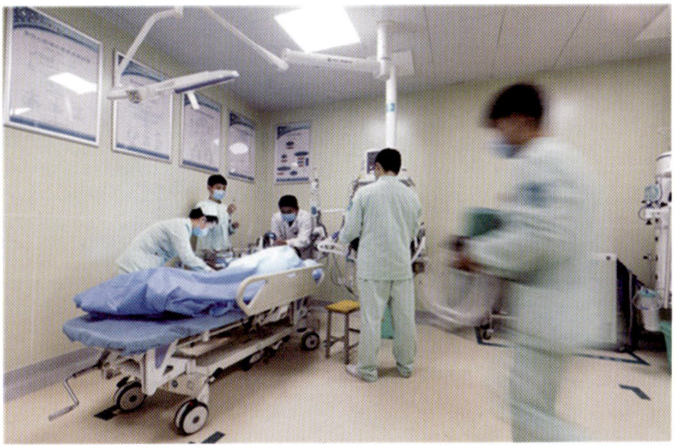

0:28 分，救护车的鸣笛刚刚停歇，急诊室外传来一阵杂乱的声音。刘林（化名）在刚刚的跨年夜宴会上因为酒精中毒被送到这里。

为他诊治的是今年 34 岁的医生于杰滨，正是年轻力壮的年纪。在急诊医学中心工作了 6 年，于杰滨早已习惯了夜班忙碌的生活。“夜班急诊，大部分是突发事件，虽然习惯了面对这些事故，但每一个病人背后都是一个家庭，我们从不忽视任何一个患者。”

半个小时后，刘林的情绪终于平复。如果不出意外，这个酒醉的小伙经过治疗，在元旦假期结束前就能出院。

输液的滴答声追随着时间的脚步，让这新年的第一个凌晨更加安静。

凌晨 2 点 20 分，药房的高晓巧已经连续在岗 5 个多小时。她瞄了一眼发药系统，此时，她已经处理了 412 张药方。

这个药房采用国内先进的发药排队系统，很多时候，患者还没走到发药窗口，药已经在窗口等待了。和药品一起等待的，还有包含药品用法、用量、特殊注意事项的“用药指导单”。

取药间隙，她掏出手机，微信运动的步数上显示，她已经走了 14000 步。“只要我值班，我在朋友圈里的步数总是第一名，但他们不知道我走的路只有 80 平方米的药房大小。”高晓巧打趣道。

凌晨 3 点，善德餐厅，熬粥师傅杨吉有已经起床，他要为六点开始的早餐做准备。他负责全院 3000 名医护人员以及 1800 名病人的小米粥。

杨吉有的小米粥，让很多病号吃出了家的味道，但没人知道，这些小米是来自安丘的有机小米。杨师傅计算，自己每天熬制的小米粥就有 1 吨，这相当于一个普通家庭 3 年的食用量。餐厅还精心留出小米粥中的米油，供术后病人补充营养。

在这个餐厅，吃的不一定是最好的，但一定是最健康的。在这里，每 1 斤菜中，只能放 3 克盐，把盐精确到克，这也是世界卫生组织公认的健康饮食标准。

早上 6:00，天还未亮。杨师傅的小米粥已经准时出现在了餐厅。这个医院，共有 16 位厨师，28 名辅助人员，服务于人群中最挑剔的肠胃。

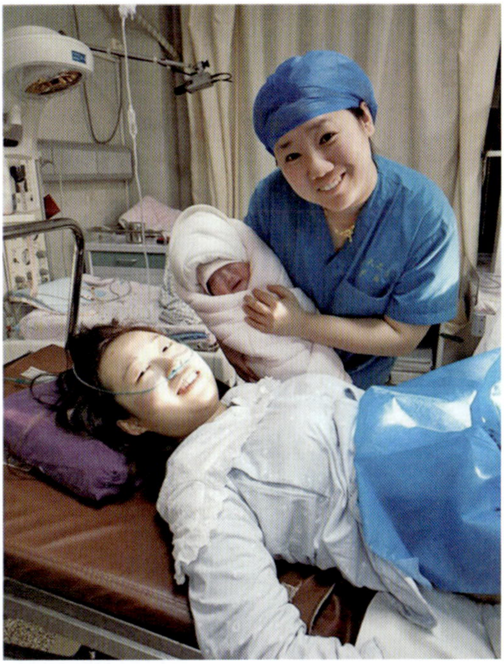

2018 年 1 月 1 日凌晨 3：28，随着一声婴儿的啼哭，妙巧在产房降生了，这是 2018 年在这里出生的第一个宝宝。他的爸爸妈妈之所以给孩子取这个名字，是希望他能够心灵手巧，人生美妙。

人们习惯把新年第一天出生的孩子叫“新年宝宝”。预计今天，会有 6 个“新年宝宝”在这里出生。而在过去的 2017 年，共有 6000 余个家庭在这里迎接新生命的降生。

为妙巧接生的是助产士刘国青，5 年前，她自己的儿子就在这里降生。“我们是孩子出生的第一见证人，看到这些可爱的小宝宝，就像自己的孩子一样，最开心的就是看到孩子和大人都平安。”

新年和新生命一起到来，产房总是医院里最欢乐的科室，也因此，人们把助产士身份的希腊文“Doula”翻译成“导乐”。

7:24，新年的第一缕阳光开始升起。院子里的白衣天使多了起来，这是大多数医护人员的交班时间。

上午 8:00，78 岁的儿科专家郝芳之准时出现在了儿科门诊，他是儿科年龄最大的大夫。30 年前，他在全国率先开展的先天性肺动脉瓣狭窄介入治疗技术，直到今天仍在使用。

10 年前他从这里退休，又被返聘回来，每周一、周二都会来到这里准时“报到”，风雨无阻，今天过节也不例外。

“到了我这个年纪，就知道有多少钱不重要，当多大官不重要。都健健康康的，每天能给社会做一点事情，我就很开心。”郝芳之说。尽管是业界有名的老专家，但郝芳之大部分时间是在看普通儿科门诊。眼下，正是流感高发的季节，儿科门诊的单日门诊量平均超过 600 人，根据预测，郝芳之今天要看 80 多个小病号。

包含郝芳之在内，2018 年的第一天上午，这所医院同时有 62 个大夫，在 36 个科室进行坐诊。

9:00，阳光照进关节外科 / 运动医学科病房，这里常年保持 23 摄氏度。16 岁的李政（化名）刚刚做完髋关节镜微创修复手术 1 天，就已经能够在副主任医师殷庆丰的指导下下地活动了。

李政得的是髋关节撞击综合征，这是见于青少年剧烈运动后的一种慢性疾病，很容易被误诊为滑膜炎。此前1个月的时间，他每爬上学校三楼的教室都会疼得满头大汗。

“都说伤筋动骨一百天，骨科就是要慢慢来，慢下来自然后面就能结实起来。”殷庆丰说。

再过3天，李政就可以出院，他还需要在家进行3个月的康复训练，预计可以参加春季的体育课程。

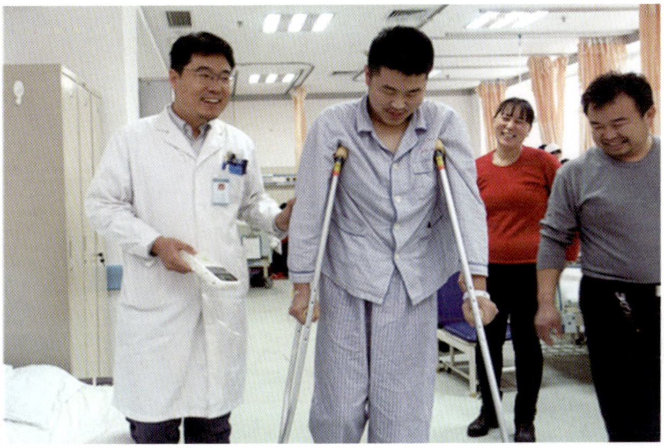

上午10:00，看完了上午第36个门诊患者，呼吸内科主任王伟才得以“忙里偷闲”，接听了一位“老病号”关于哮喘用药的电话问诊。

近来，呼吸系统疾病高发，呼吸系统衰竭、慢阻肺等患者大量增加，呼吸内科单日门诊量达140余人次。

最常见的病症，也往往有着最简单的预防办法，“通过锻炼和饮食增强体质，勤洗手，适当通风，注意休息。”王伟说。

泌尿外科护士长叶国美今天并没有安排值班，但还是出现在了病房，因为放心不下比较严重的泌尿系统肿瘤合并造口的病人。

叶国美是院内第一位通过“国际造口伤口治疗师”资格认证的护士。2017 年 5 月，她用“湿性愈合”护理一位因车祸受伤严重的 80 岁患者，最终将其 50 年未痊愈的伤口完美愈合。

“老爷子的儿子今天早上还给我发来了新年短信，现在都能正常生活了，我也特别高兴。”叶国美说。

护士，是医院配备人数最多的岗位，也是医院与病人打交道最多的岗位，这所医院，共有 1319 名护士，在病人看来他们有一张相同的面容，那就是微笑。

在至善楼 3 层，49 岁的水电维修工胡勤平刚刚处理完一例水管滑丝，他放弃了等待电梯，直接通过步梯去往 11 层手足外科，8 层楼，160 级台阶，他只用了 1 分钟。

尽管经常在比较脏乱的环境工作，但胡师傅身穿的天蓝色工作服却十分整洁，“两套衣服交替着穿，基本上一天一洗，你看上面有山大二院的标志，我可不能给医院丢脸。”胡师傅爽朗地说。

一上午的时间，他去不同的科室换了 1 个水龙头、1 个排风扇、1 个灯管、2 个插座。他所在的医院后勤保障部，共有 68 人，为这所医院的基础设施保驾护航。

水通畅了，电通畅了，犹如呼吸通畅了，血液通畅了。始终通畅的还有医院里的生化流水线。

临近中午，600 余个生化标本和肿瘤标志物样本，已经通过一条国内先进的流水线，实现自动离心、自动编号、自动检测。

这是 2017 年 5 月份医院新上的罗氏生化流水线。在过去出一份报告需要 4 个小时，而现在只需要 2 个多小时。

但负责标本最后结果审核、签发的聂兆超并没有感到轻松，“节省下来的每一分钟都是给病人的，我们还是要在第一时间把报告审核完。”

完成上午的检验，时钟已经来到 12 点整，聂兆超打开手机才发现，远在韩国工作的老公一早发来了新年祝福微信。

新年第一天刚刚过半，作为全国首家通过新版评审标准的“新三甲”医院，山东大学第二医院驻守在泉城济南的北园大街，守护着一座城、一方百姓的健康和平安。

医护“手相”，千锤百炼

不管是否情愿，生活总在催促我们迈步向前。

出生、长大、变老，人们日出而作、日落而息，或者夜以继日、通宵达旦。在有限生命的时光里，每个人都在享受劳动带来的收获，也总是在一段又一段不期而遇的大小疾病中蜕变成长，从而用双手继续劳作，为家人带来美好生活，为社会创造崭新时代。

在医院里，有一千个医护人员，就有一千双神奇的手。手在这里的功能依然是劳动，但却是最不同凡响的一种——与生命和健康打交道。

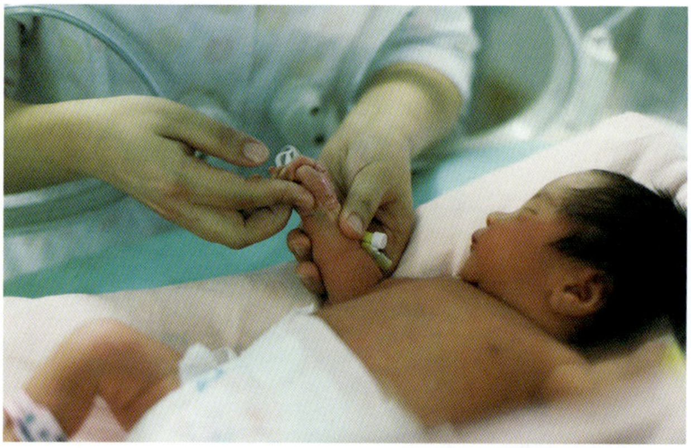

45 岁的刘爱虹是新生儿科的护士长，她的职责是守护新生儿的生命和健康，她所在的科室也被称作新生儿的第一座“安全岛”，与她一起守护这座岛屿的是 57 个姐妹，年龄最小的大学毕业仅有一年。

然而，与年龄和性别都不相称的是她们的双手，皮肤粗糙，甚至脱皮，是这个科室每位护理人员的标准“手相”。由于新生儿极易感染，这里的护士必须保持最洁净的双手，一抱一放，起落之间，必须洗手一次，以至于每人每天洗手次数达 100 多次，新生儿科也成了整个医院用洗手液最多的地方。

因为洗手过勤，每年冬天，她们的手指尖都会长满裂口，但为了新生儿免受刺激，她们从来不使用护手霜。一年又一年，曾经的纤纤玉手慢慢不复存在，一双双粗糙的手，却在拯救一个个最娇嫩的生命。

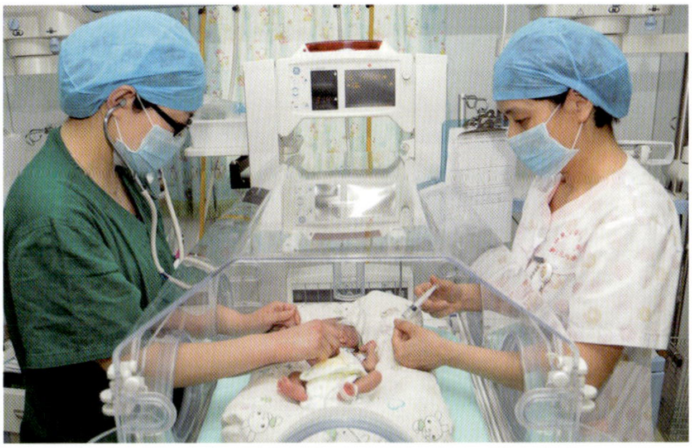

静脉穿刺，俗称“打针”。对普通人而言，婴孩的血管细如发丝，肉眼难辨，刘爱虹却总能一针见血。她的手历经 20 余年不间断练习，这项技艺早已游刃有余、成竹在胸。

拿起针管，千百次地扎向模拟输液臂，有时候，为了练习最真实的穿刺手感，护士们还需要在彼此的身体上“实弹演练”。这所医院共有 1393 名护士，她们的手在给病人打针之前，都曾历经千锤百炼。

一双双温柔的手，迎接生命，抱起孩子，挽起老人……也在年复一年的磨砺中，练就手艺，这是医务工作者独有的劳动技能。在医院，医生的手艺通常在手术台上见分晓。

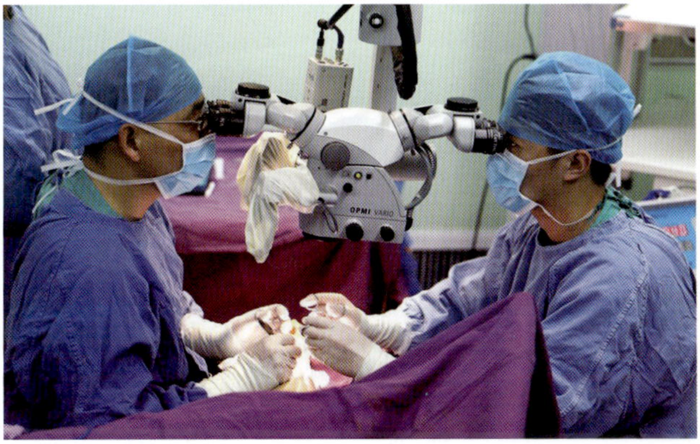

接血管，是最常见的外科手术。在显微镜下将直径 0.2 毫米的手部血管进行连接、缝合，难度不亚于给蚂蚁穿鞋，这却是手外科 / 足踝外科医生曹松华的日常工作。每当这时，曹松华的每一个器官都高度紧张，如同雕塑般纹丝不动，即使稍稍用力的呼吸，都可能影响手部的稳定。

这所医院的每一位外科医生，从助理医师走到手术台的主刀位置，都要经过几千个小时的手部练习与磨砺。

手术之所以称为“手术”，正是由双手创造的技术。为了练就救死扶伤时出神入化，很多医护人员都有着独门秘籍。

脊柱外科医生宋杨下班回家经常做十字绣、拼小模型；胸外科医生彭传亮一周三次到健身房举铁；手术室护士方芳长期坚持学习工笔画……

业余爱好中，有手艺，有力量，这是医护人员的另一张面孔，也是长年累月对双手力度与灵活的锻炼方式。而这位医生，却一直在严苛坚持着双手的重复动作。

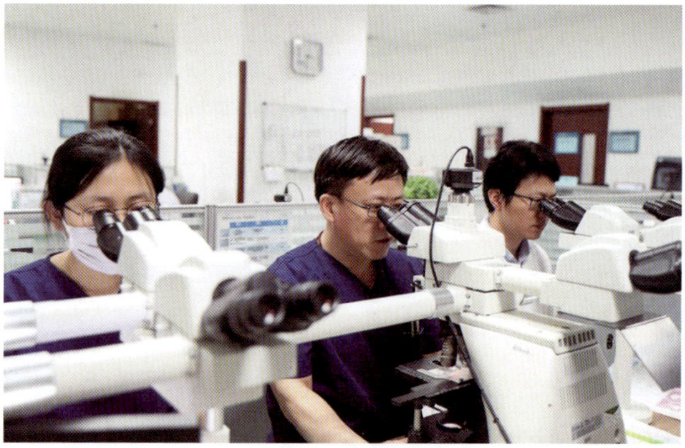

病理科主任周成军推行了一种“拉网式”病理取材方法。这种方法不再只对患病部位的重点部位进行取材，而是从点到面，将患病部位全部囊括，这是数十倍于以往的工作量，但也同样带来了数十倍于常规病理的取材面积，最终的结果是，病理分析更加精确，这是纯手工创造的病理大数据。

大显还需身手，手巧更有心灵。在这里，可以赤手空拳，但不会袖手旁观；可以眼疾手快，但不会手忙脚乱；可以手足重茧，但不会污手垢面。在这里，手的故事还在继续。

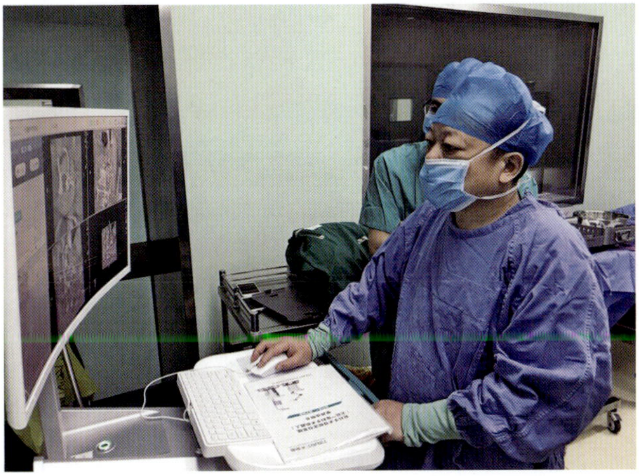

至善楼的一场脊柱手术现场，这双手却与众不同，是一双铁手。

这只机械手是这里的“主刀”。依靠 6 个轴承掌握 360 度方向的灵敏触觉，凭借三维透视扫描的“透视眼”观察病理，这个机械手能够对很多骨科手术精准定位。与传统手术相比，机器人手术能够节省一半的时间，手术创伤也更小。

人工智能时代，这是“妙手”进化的最新形态，虽是手的样子，人们却管它叫“机器人”。2018 年，医院引进了“中国造”天玑骨科手术机器人，这也是世界上唯一一种能够全面开展四肢、骨盆骨折以及脊柱全节段手术的骨科机器人系统。

未来，这种智能的机械手，还会有更多来到医院参与劳动，但可以肯定的是，医生的手艺正在挽救更多生命。

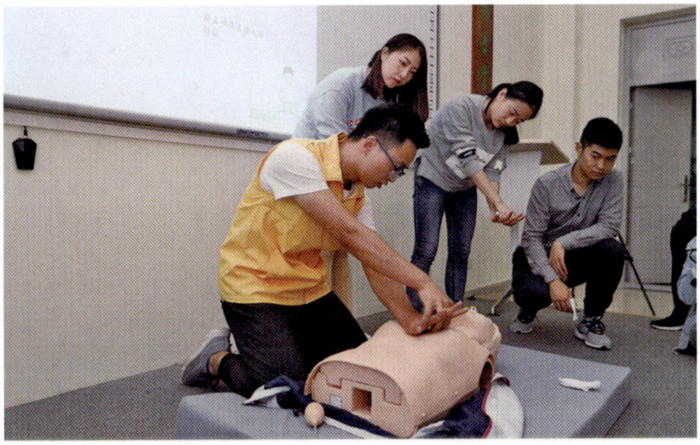

山东大学中心校区，医院 CPR（心肺复苏）志愿服务队的队员们正在手把手地给大学生们教授标准的心肺复苏术。双臂伸直，双手相扣，手指翘起离开胸膛，以每分钟 100~120 次的频率不间断按压……

心脏骤停，是由复杂病因带来的急症。5 分钟内行心肺复苏术，是“起死回生”的黄金时间，这是危急时刻救命的秘诀。

这支服务队成立于 2010 年，是这个医院的医生护士自发成立的公益宣教组织，9 年间，累计 200 余名成员走进学校、社区、单位，为超过 1 万人进行过 CPR 培训，让他们掌握了关键时刻的“救命术”。

赠人玫瑰，手有余香。治病救人，医道永续。

双手的故事，从来关乎劳动。它似乎很普通，一如大家，重复着每天重复的事情；或许恰巧是这双手，参与了我们更多人的生命旅程，才有了伟大的意义。

在这所医院中，共有 3260 名医务工作者，他们的劳动，同样平凡而伟大。

给医生妈妈的一封信

都说儿行千里母担忧，但对于即将踏上帮扶征程的张春红来说，自己却成了女儿的牵挂。

2019 年 6 月 25 日，山东大学第二医院皮肤科副主任张春红带着家人的理解、牵挂和支持，告别了女儿和仅有 2 岁半的小儿子，踏上了去往甘肃省华池县人民医院的帮扶之路。对于母亲远离家乡，积极投身帮扶工作，仅有 14 岁的女儿用手写信的方式表达了理解和支持。

以下内容是手写信原文，我们将通过这名 14 岁女孩细腻的心思，感受母女之间深厚的感情。

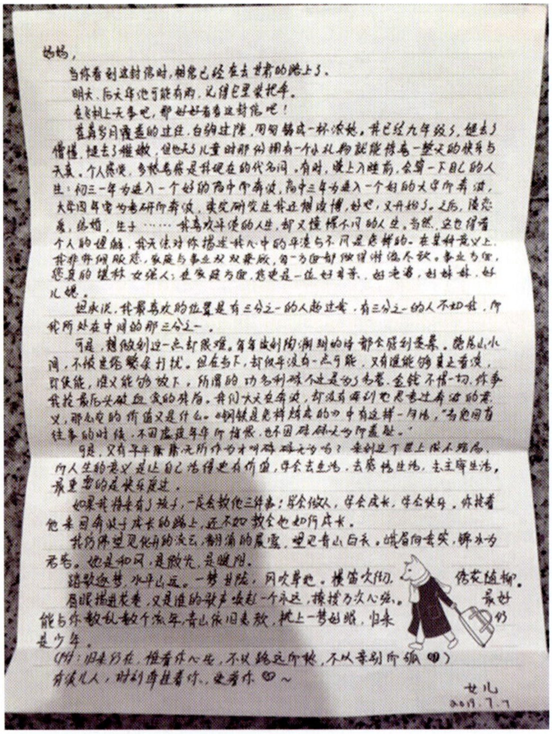

妈妈，

当你看到这封信时，相信已经在去甘肃的路上了。

明天、后天华池可能有雨，记得一定要带把伞。

在飞机上无事吧，那好好看看这封信吧！

在岁月覆盖的过往，白驹过隙，回忆酿成一杯浓酒。我已经九年级了，褪去了懵懂，褪去了稚嫩，但也失了儿童时那份拥有一个小礼物就能快乐一整天的快乐与天真。个人感受，多愁善感是我现在的代名词。有时，晚上入睡前，会算一下自己的人生：初三一年努力进入一个好的高中就读，高中三年努力进入一个好的大学就读，大学四年努力考研就读，读完研究生我还想读博，好吧，又开始了。之后，谈恋爱，结婚，生子……我喜欢平淡的人生，却又憧憬不同的人生。当然，这也得看个人的理解。我无法对你描述我心中的平淡与不同是怎样的。在某种意义上，我非常佩服您，家庭与事业双双兼顾，每一方面都做得淋漓尽致。事业方面，您是优秀的女强人；在家庭方面，您更是一位好母亲、好老婆、好妹妹、好儿媳。

坦白说，我最喜欢的位置是有三分之一的人超过我，有三分之一的人不如我，而我所处在中间的那三分之一。

可是，想做到这一点却很难。每每读到陶渊明的时候都会感到羡慕。隐居山水间，不被世俗繁杂打扰。但在当下，却似乎没有一点可能，又有谁能够真正看淡，即使能，谁又能够放下。所谓的功名利禄不过是为了名誉、金钱不惜一切，换来的是最后头破血流的结局。我们天天在奔波，却没有意识到也思考过奔波的意义，那么它的价值又是什么。《钢铁是怎样炼成的》中有这样一句话："当他回首往事的时候，不因虚度年华而悔恨，也不因碌碌无为而羞耻。"

可是，又有多少像保尔所作为才叫碌碌无为呢？来到这个世上说不为名，而人生的意义是让自己活得更有价值，学会去生活，去感悟生活，去主宰生活，最重要的是快乐度过。

如果我将来有了孩子，一定会教他三件事：学会做人，学会成长，学会快乐。你拉着他来回奔波于成长的路上，还不如教会他如何成长。

我仿佛望见低开的浅云，翻涌的晨雾，望见青山白衣，峨眉向天笑，锦水为君留。也是和风，是微光，是晚阳。

踏歌逐梦，水平山远。一梦出塘，风吹草地。横笛吹彻，倚花绕柳。

眉眼描进花香，又是谁的歌声唤起一个永远，揉搓万次心弦。最好能与你数尽数个流年，青山依旧未改，拨上一梦幽眠，归来是少年。

（附：旧来仍在，惟看你心安，不以路远而长，不以亲别而孤 ☺）

亲爱的人，时刻牵挂着你，爱着你 ♡~

女儿

2019.7.7

妈妈：

当你看到这封信时，相信已经在去甘肃的路上了。

明天、后天，华池可能有雨，记得包里带把伞。

在飞机上无事吧，那好好看看这封信吧！

荏苒岁月覆盖的过往，白驹过隙，匆匆铸成一堆浓愁。我已经九年级了，褪去了懵懂，褪去了稚嫩，但也没了儿童时拥有一个小礼物就能惊喜一整天的快乐和天真。个人感觉，多愁善感是我现在的代名词。有时，晚上入睡前，会算一下自己的人生。初三一年为进入一个好的高中而奔波，高中三年为进入一个好的大学而奔波，大学四年要为考研而奔波，读完研究生我还想读博，好吧，又开始了。之后，谈恋爱，结婚，生子……我喜欢平淡的人生，却又憧憬不同的人生。当然，这也得看个人的理解，我无法对你描述我心中的平淡与不同是怎样的。在某种意义上，我非常佩服您，家庭与事业双双兼顾，每一方面都做得淋漓尽致。事业方面，您真的堪称女强人；在家庭方面，您更是一个好母亲、好老婆、好妹妹、好儿媳。

坦诚说，我最喜欢的位置，是有三分之一的人超过我，有三分之一的人不如我，而我处在中间的那三分之一。

可是，想做到这一点却很难。每每读到陶渊明的诗都会觉得羡慕，隐居山水间不被世俗繁杂打扰。但在当下，却似乎没有一点可能，又有谁能够真正看淡，即使能，谁又能够放下。所谓的功名利禄不过是为了金钱，不惜一切你争我抢，最后头破血流的残局。我们天天在奔波，却没有深刻地思考过奔波的意义，它的价值又是什么。《钢铁是怎样炼成的》中有这样一句话，"当他回首往事的时候，不因虚度年华而悔恨，也不因碌碌无为而羞耻"。可是，只有平平庸庸、无所作为才叫碌碌无为吗？来到这个世上很不容易，而人生的意义是让自己活得更有价值，学会去生活，去感悟生活，去主宰生活，最重要的是快乐度过。

如果我将来有了孩子，一定会教他三件事：学会做人、学会成长、学会快乐。你抱着他来回奔波在成长的路上，还不如教会他该如何成长。我仿佛望见化开的流云、翻涌的晨雾，望见青山白衣，峨眉向我笑，锦水为君容。他是和风，是微光，是暖阳。

踏歌逐梦，水平山远。一梦甘陇，风吹草地。横笛吹彻，傍花随柳。

眉眼落尽花卷，又是谁的歌声唤起一个永远，撩拨万次心弦。最好能与

你数乱数个流年，青山依旧素颜，枕上一梦好眠，归来仍是少年。

（附：归来仍在，惟看你心安，不以路远而愁，不以亲别而孤。时刻牵挂着你，爱着你。）

这是山东大学第二医院皮肤科副主任张春红的大女儿的手写信。2019 年 6 月 25 日，带着家人的理解、牵挂和支持，张春红告别了女儿和仅有 2 岁半的小儿子,踏上了去往甘肃省华池县人民医院的帮扶之路。对于母亲远离家乡，投身帮扶工作，仅有 14 岁的女儿用这样的方式表达了理解和支持。

你没见过的医院“内幕”

在山东大学第二医院，你也许见过这样笑容满面、热情洋溢的发药姑娘。

但你一定没见过，这样紧张严肃、步履生风的配药姑娘。

在山东大学第二医院，你也许见过这样如沐春风、服务周到的导医妹子。

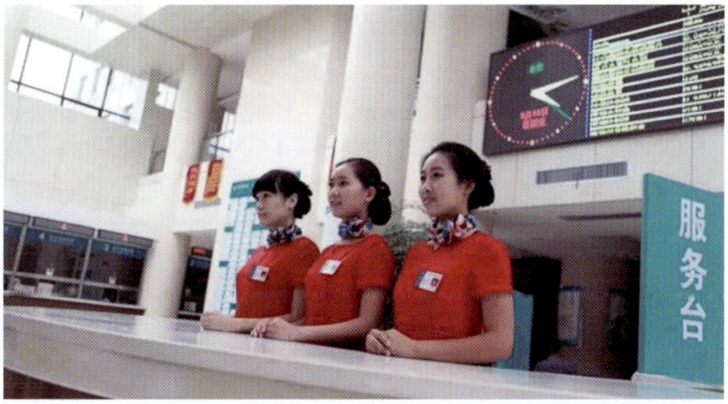

但你一定没见过，她们背后，还有这样贴心细致、暖意洋洋的便民小屋。

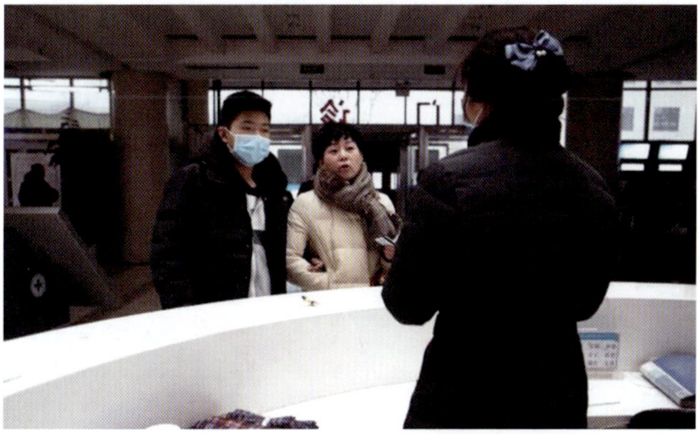

在山东大学第二医院，你也许见过这样和蔼可亲、医术精湛的产科主任徐永萍。

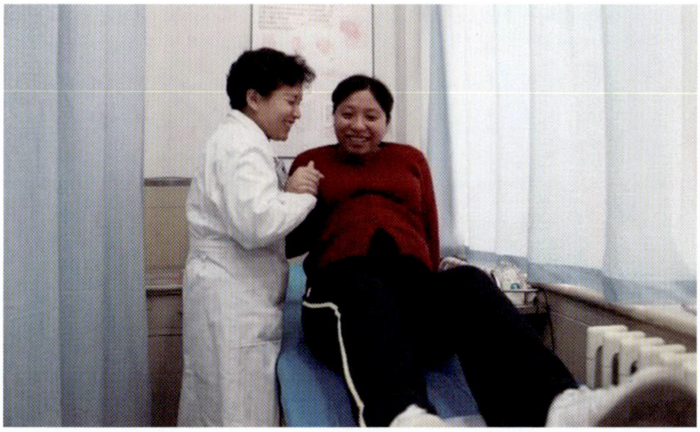

但你一定没见过,她千万次弯腰扶起每一位孕妇,数十年如一日,从不间断。

在山东大学第二医院，你也许见过医生这样灵巧有力、人赞回春的双手。

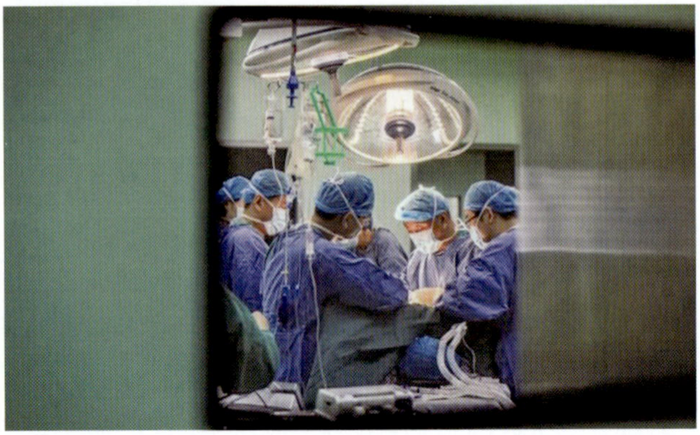

但你一定没见过，他们曾经经历了怎样的勤学苦练，才能如此收放自如。

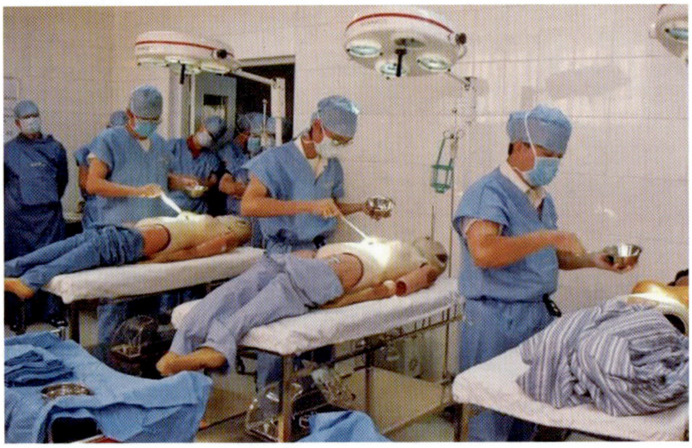

在山东大学第二医院，你也许见过医生娓娓道来病人的病情和治疗方案。

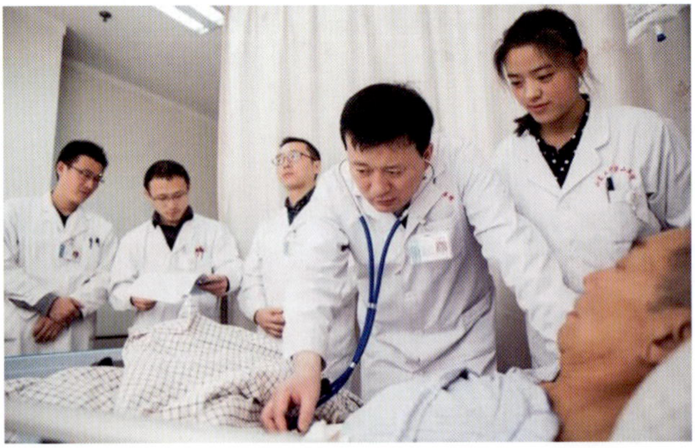

但是你一定没见过，他们对病人的了解和诊断源自一次又一次的讨论与钻研。

在山东大学第二医院，你也许见过护士“一针见血”、泰然自若的护理技能。

但你一定没见过，他们在技能中心锲而不舍、重复操作的执着与坚持。

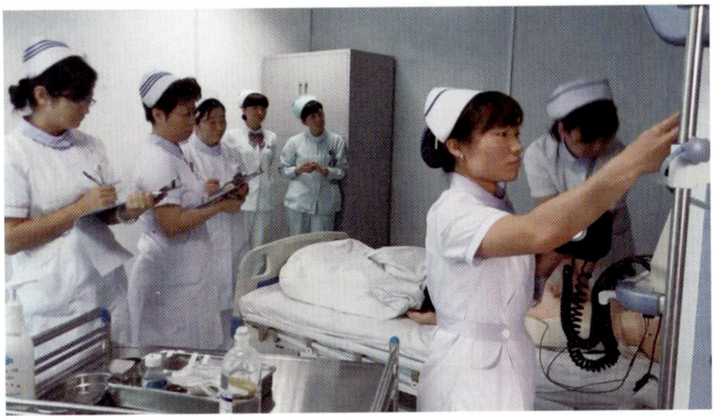

在山东大学第二医院，你也许见过采血护士手中殷红的血液样本。

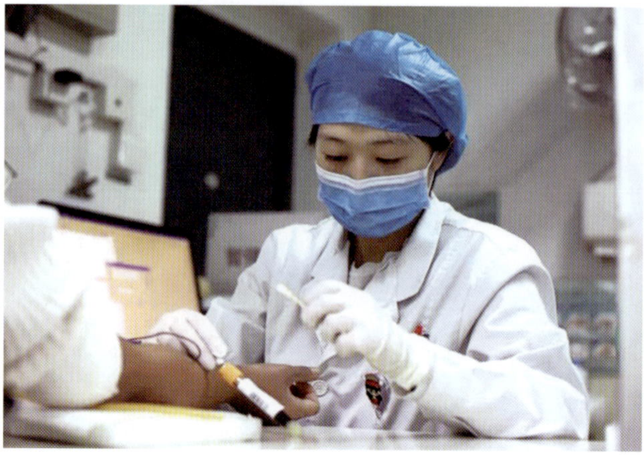

但你一定没见过，这份血液从采集到结果的过程中所经历的“华丽冒险”。

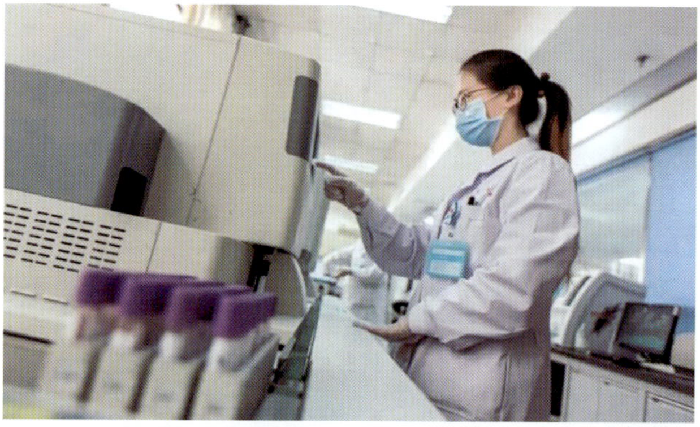

在山东大学第二医院，你也许见过护士们热情投入、细致入微的工作状态。

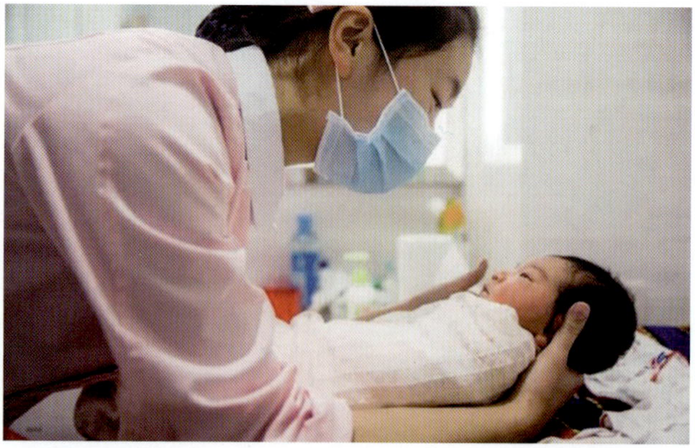

但你一定没见过，他们在休息时间蜷缩身体、安然小憩的“最美睡姿”。

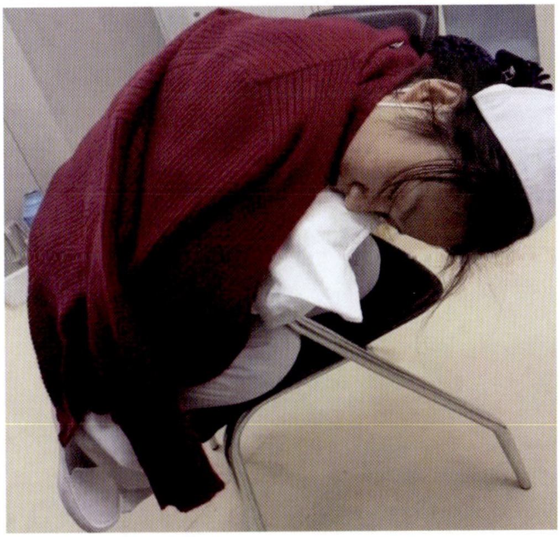

在山东大学第二医院，你也许见过早产儿康复出院时家长的喜悦与希冀。

但你一定没见过，他们在监护室时，医生护士对他们如父母般的呵护与关爱。

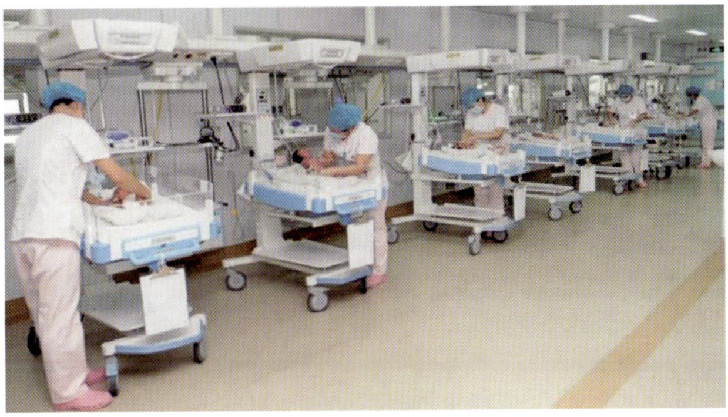

在山东大学第二医院，你也许见过一丝不苟、从容淡定的医者风范。

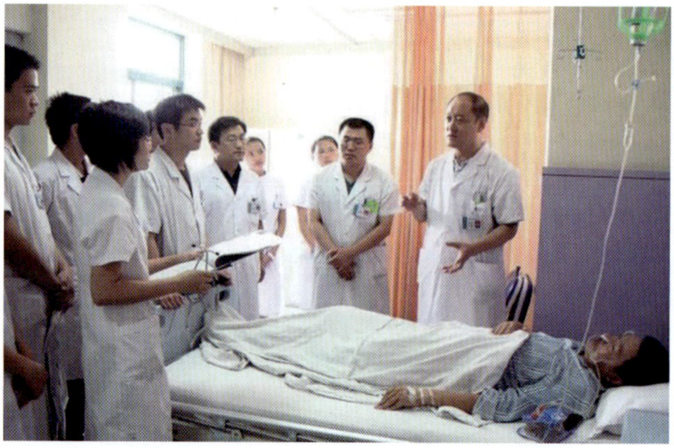

但你一定没见过，他们热心公益、深入边陲行医的大爱仁心。

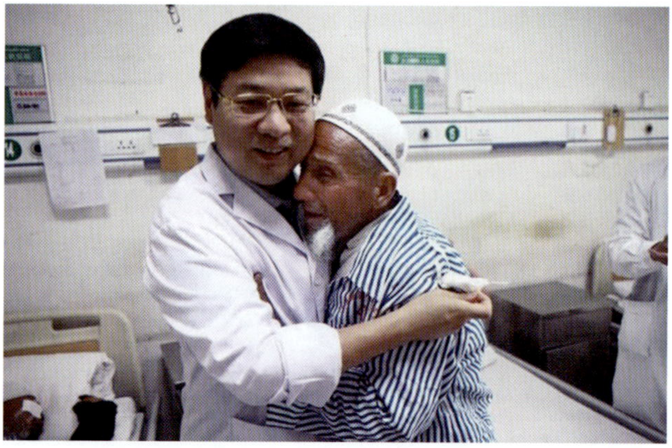

其实，山东大学第二医院的幕后故事每天都在上演。

在一个又一个充满悲情或希望的故事里，唯有医者仁心、优质服务，犹如患者的“保护神”，默默地充当着最暖心的角色，让患者们被疾病折磨的身体和内心，得以温暖和安慰。

最美全家福

又是一年团圆时，月到中秋分外明。

每年的这一天，无论我们身在何处，都会渴望回家，和亲人团聚，共享天伦之乐。在中国人的心底，团圆，就是对家最好的诠释。

今年中秋，依然会有许多医护人员坚守岗位，无法与家人团聚，但是今天，我们更关注的是家庭的团圆。

一张张幸福团圆的照片，如同一封封饱含深情的家书，道出了我们对家的依恋、团圆的喜悦以及对亲人的至爱真情。

他们的名字，就是一张隐形的全家福

纪委办公室 / 监察室 刘迪

从小到大，每次介绍完我的名字，都会换来一片羡慕的目光：我叫刘迪，刘代表爸爸，由是妈妈的姓氏，“辶”代表走，所以我名字的寓意是：爸爸妈妈永远带我一起走。

6年前，我的儿子出生了，我给他取名张孝迪，张代表爸爸，迪代表我自己，孝字是辈分，同样寓意我们一家人永远在一起。我们的名字，就是一张隐形的“全家福”。

因为父亲和老公都是医生，平时工作忙，难得有时间相聚，所以直到今年春节才有了我们第一张真正意义上的全家福。

爸爸的一通电话，让她泪流满面

新生儿监护病房　李淑敏

我和父母虽然生活在一个城市，但是平时工作忙很少回家，只是隔个三五天会打电话、发微信问候一声。

有一次，我忙得一周没和家人联系，上班的时候突然接到了父亲打到科室的电话，我以为家里出了事，没想到他却对我说："没事没事，我就是告诉你一声，我和你妈都挺好的，你安心工作。"

我知道，他其实想说，你没事就好。

从 2003 年起，每年中秋节，我们全家都会拍一张全家福，父母每次都会洗出来放在相册里，现在，相册的一角，已经被他们翻烂了。

他用塑料袋包着这张全家福，随身带了两年

小儿外科　陈雨历

1976 年，陈雨历参加了援坦桑尼亚医疗队，为期两年。出发之前，他们一家四口在山东医学院校园里拍摄了一张全家福。

那时候通信不发达，没有电话，没有网络，写信要通过大使馆，几个月才能送到国内。两年间，这张照片一直被陈雨历放在一个小塑料袋里，每天都带在身上，想念他们的时候就拿出来看一看。

两年后回国，陈雨历第一眼看到两个孩子都没认出来，因为他对他们的印象，一直还停留在这张照片上。

后来，只要离家时间长，陈雨历都会和家人拍摄一张全家福，洗成小照

片随身带着。这种习惯一直保持到现在。

迟到的全家福，从未迟到的亲情

心血管内科 王树春

把家里的旧相册都翻出来了，也没有找到一张年轻时候的全家福，以前太忙了，真的没和家人拍过合影，反倒是儿子也做了医生，和王树春在一个科室工作以后，他们经常有机会照工作合影。

直到王树春退休了，儿子都娶妻生子了，他们家才有了几张像样的全家福。

王树春从医近60年，和睦的家庭是支持他走到现在的最大动力，家和万事兴。

不管下班多晚，家里的灯都是亮着的

2012年，曹松华从老家临沂调到了济南，从此和家人分隔两地，每个月或每两个月才能回家一趟。

很多时候下班晚了，只能赶上最后一班长途汽车，到家都凌晨了，但是，不管什么时间，每次曹松华走到家楼下，家里的灯都是亮着的，上楼一打开家门，饭菜的香气就会扑面而来。

这张全家福就是在曹松华离家之前拍摄的，当时，他把它挂在济南宿舍的衣橱边上，每天晚上曹松华一开门，就能看到他们。

手外科 / 足踝外科　曹松华

陪父母走过万水千山，只为他们的一生幸福

神经外科　王成伟

老人辛苦了一辈子，没有看过外面的世界，前些年，王成伟一有机会就

会带他们出去旅游，也拍了很多珍贵的照片。

2016 年，王成伟和妻子给他的岳父母办了一场金婚仪式，邀请了 60 多位亲朋好友。此前，王成伟悄悄地把一些旅行照片连同他们的老照片编成了一部小电影，在仪式上给了他们一个惊喜，岳父母看完后湿润着眼眶说："我们这一生，很幸福。"

尽管那时的他们因为身体原因已经没办法再外出了，但这些美好的回忆却让他们从内心中感到满足，回味无穷。

异国他乡，家人的到来让我深刻体会家国情怀

创伤骨科 刘中浩

参加援塞舌尔医疗队已经快一年了，身在国外，对故土的依恋和对家人的思念与日俱增。

2019 年春节，家人专程到塞舌尔看望刘中浩，他们一起受邀参加了塞舌尔大学孔子学院春节联欢会，现场有亲切的祖国同胞，还有热情洋溢的异国朋友，大家载歌载舞，欢度新年。

在这种欢乐祥和的氛围下，刘中浩深刻地体会到了家的温暖、祖国的强大。现在再看这张照片，刘中浩依然能体会到当时那种激动的心情。

14岁女儿，自己过的第一个生日

皮肤科 张春红

2019年8月16号，是张春红女儿的14岁生日，张春红因为在甘肃华池扶贫没法赶回去，她老公在外地开会，公婆又因老家急事赶回烟台。

张春红当时心急如焚，很想赶回去陪女儿一天，但女儿觉得她太辛苦，说什么都不同意。

就这样，张春红的女儿14年来，第一次独自在家吃饭、睡觉，过了一个孤单的生日，张春红既担心她害怕，又感慨她的成长，激动得一夜没睡。

张春红和老公都是医生，这些年来缺席了很多对孩子的陪伴，但孩子们都能体谅父母的工作并健康成长，在这些遗憾与喜悦中，她的家，愈加幸福与亲密。

父母80多岁了，从没过过生日

在刘景的家中，三代10个家庭共28人，其中有13个人从医，包括了内科、外科、妇科、儿科、眼科、口腔科、麻醉科、中医科、护理等，他们经常开玩笑说，一家人能办一个医院了。

虽然有很多共同话题，但是他们都太忙了，很难相聚。父母理解他们的工作，怕他们有负担，从很早就立下了规矩：不过生日。

很多时候，反倒是父母经常到他们小辈家，给孙子、外甥过生日。

他们也和兄弟姐妹商量好，没办法大团圆，那就实现小团圆，轮流陪伴父母，所以他们家找不到任何一张大全家福，只有单独陪老人的小合影。

眼科 刘景

相隔万里，老公用巧克力帮她换来一声“妈妈”

心血管内科 王娟

2019 年 1 月份，王娟来到了新疆建设兵团参加援疆工作，当时她的小女儿只有 1 岁 10 个月，相隔万里，她们每天只能通过视频来交流。

小女儿年龄小不懂事，时间长了，就和王娟生疏了，每次视频都不理她，王娟觉得特别难过，经常偷偷哭。

后来，每次视频的时候，王娟的老公都会提前和女儿说好，喊妈妈就给吃巧克力。时间长了，女儿一打开视频，总是先喊一声巧克力，然后才喊妈妈。

2019 年 7 月，王娟的老公带着两个孩子来新疆看她，临行前，他们在玉带河旁拍了一张全家福，王娟告诉孩子：爱与勇敢会陪伴他们，让他们一起成长。

落叶归根，是他们最大的心愿

内分泌科 陈诗鸿

2000 年，陈诗鸿的父母亲跟随弟弟前往英国生活，2017 年，父亲病重，执意回国，在他的心中，始终有“落叶归根”的情结。

父亲去世后，母亲也决定留在中国，跟随陈诗鸿一起生活。现在，她的弟弟也把工作的重心尽量移向国内，一方面多陪陪母亲，另一方面，也慰藉自己的思乡之情。

这张照片是今年母亲生日的时候，弟弟一家、表弟妹一家都赶来济南相聚时拍摄的。

母亲在哪里，她们的家就在哪里。

在这些小小的全家福里，她们看到了发自内心的微笑、彼此的凝望、深深的注视、亲密的依偎……她们还看到了，一个人的成长、一个家庭的记忆、一个国家的历史乃至一个时代的变迁。

在如梭的光阴里，她们改变了容颜，改变了归途，改变了团圆的底色，照片的背景……她们的生活与时代一起变化，变化的还有强的国，富的家，而始终不变的是爱的人，家的暖，相册里的团圆。

常回家看看，多翻翻老照片，很多人会恍然发现，真的缺少一张全家人在一起的照片。在中秋节这个阖家团圆的日子里，山大二院以这种独特的方式向您传达“家·团圆”的内涵，只想对您说：让生活多一些仪式感，多记录与家人的美好瞬间，让他们知道，这一生，是多么幸福与美满。

但愿人长久，千里共婵娟。

医生也有“两副面孔”？带你认识不一样的医护

生活中不仅有工作，还有诗和远方。医院里不仅有医生护士，还有文青和“油菜花”（有才华）。

那些穿着白大褂穿梭于病房和门诊的身影

你一定知道他们是医生、护士

你可能知道他们是某个领域的医疗专家

但你不知道他们也才情四溢，文艺细腻

他们的“艺术作品”同样惊艳时光

技在左、情在右，医术与艺术相通，或许每个医者的内心都藏着一个文艺青年。

新春佳节之际，二院“油菜花”集结，共同给大家拜年啦！

专注，方得精髓

王树春：山东大学第二医院建设发展功勋人物，
原心血管内科主任，教授　爱好：书法

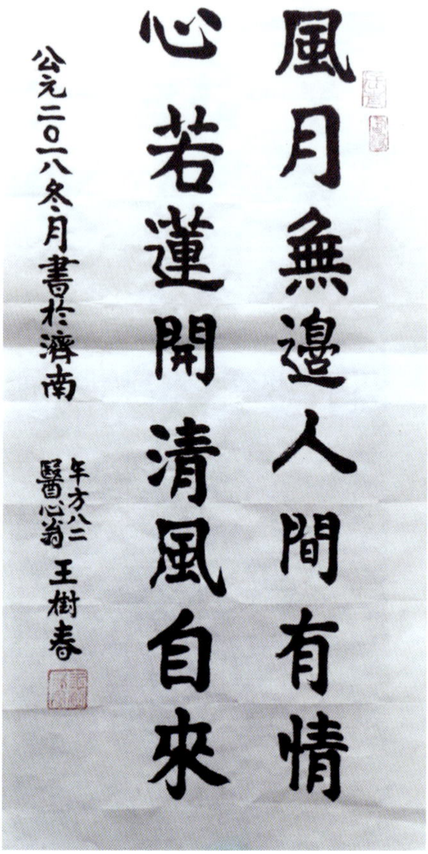

王老写字只练一种字体，王老行医专注于心脏，因为专注，所以极致。王老曾经自嘲这一生“只做医生，别的没做过；只研究心脏，别的很少涉及”，术业有专攻，岁月积淀成就大医风范。

新年祝福：2017 年医院迎来了开诊 20 年纪念，我亲眼见证了医院 20 年的发展，从无到有，从小到大，可喜医院前所未有的发展速度和规模，可贺二院精神代代传承，初心不渝。20 年正值花样年华，活力无限，衷心祝愿医院继往开来，再谱华章，祝愿每个人都能在自己专注的领域更上一层楼。

挑战，领略不一样的风景

奇险、至难、惊心动魄，姜笃银如是形容作为驴友的心境体验，他说户外徒步离不开充分的筹备、密切的团队、强大的意志力和步步的小心谨慎，像极了急诊科的工作，他热爱挑战，因为爱极了挑战后的壮美、灵秀和豁然开朗。

心之所向，素履以往，生如逆旅，一苇以航。祝大家在新的一年，目明心亮，立心力行，所求皆如愿，所行化坦途，多喜乐，长安宁。

姜笃银：急诊医学中心主任，教授，博导
爱好：户外徒步、摄影

敬畏，所以珍惜美好

外科医生需要面对许多生死时刻，承担巨大的压力和重负，有时无以言说，摄影便成为一种表达与交流，每一张照片都是一种心境。丛波说，因为敬畏生命，所以珍惜美好，取景窗能放大世间的美好，一鸟一草皆有情，他愿意用相机将瞬间的感动记录为永恒。

新年祝福：感恩过往，敬畏未来。在新的一年里，祝大家身体健康，祝山大二院的明天更加辉煌！

丛波：胸外科主任，教授　爱好：摄影

传承，成就精品

张晗说，诗词似乎离我们现在的生活越来越远了，但诗词中蕴含了古人的智慧和情怀，是中华文化的精髓，涵养身心。张晗说，光明行从 2014 年在青海启动以来，已经坚持了 4 年，每次自己都会小作一首，诗是中华文化的传承，光明行是医院文化的弘扬。

凡是过往，皆为序章，愿新的一年，每个人都能为心中期许，播种一个开端，热爱，奋斗，无愧，无悔。

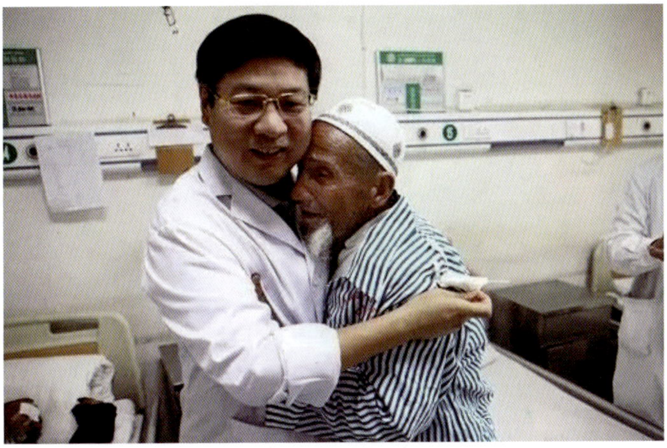

张晗：眼科主任，教授　爱好：写诗

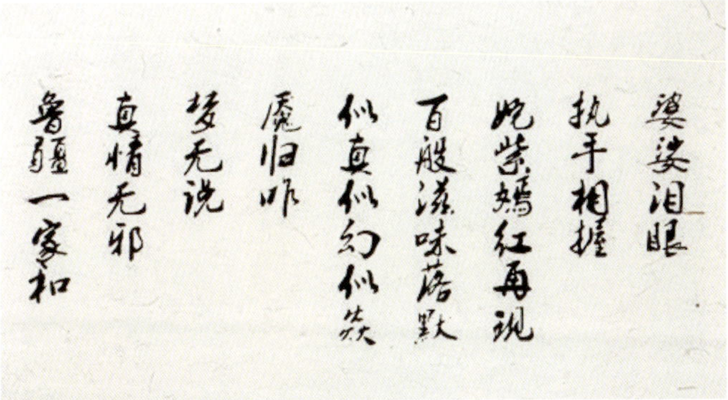

《光明行有感》

喜好，是最好的老师

李新英说自己画画纯粹是喜欢，工作忙碌之余，就会涂画几笔，调剂生活，感觉一只画笔就能拥有一个世界。李新英在护理岗位已经工作25年，担任眼科护士长17年，李新英说，因为喜欢所以坚持，因为坚持所以更加喜欢，画画和护理工作都是如此。

新年祝福：但凭本心，无问西东。新的一年里，祝愿每个人都可以不忘初心，不负芳华，每天进步一点点，祝愿山大二院明天更美好！

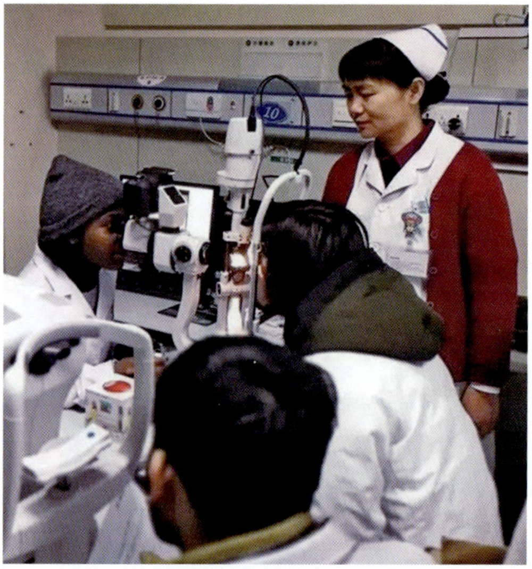

李新英：眼科护士长　爱好：绘画、摄影

坚持，让平凡变得不平凡

生活中，王永梅坚持健身已有两年，工作中，王永梅坚持为每位患儿呵热探头，数十年如一日，王永梅说，就是一个小动作，已经习惯了，没觉得有什么了不起的。简单的动作因为坚持而变得不简单，成功就是在平凡中做出不平凡的坚持。

平常应对平淡，平心看待平凡。

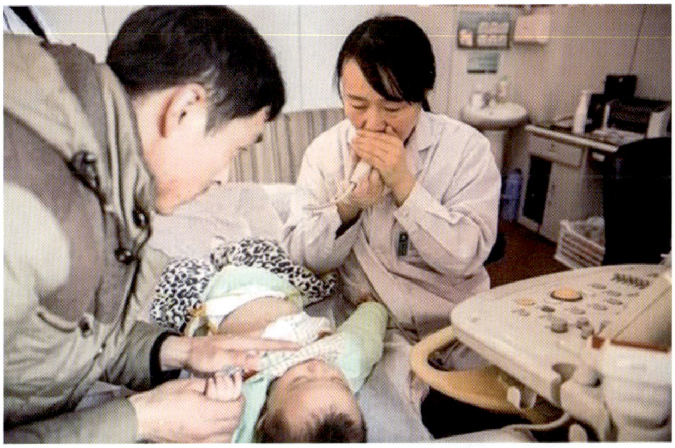

王永梅：心血管内科，副主任　爱好：健身

胸怀梦想，用心听花开的声音

方芳有过绘画基础，绘画一直是她心中的一个小梦想，虽然没有选择专业的艺术之路，但她从未放弃，绘画一直陪伴着她，方芳说喜欢画画时那份心灵的宁静。最美的你不是生如夏花，而是在时间的长河里，波澜不惊。

新年祝福：心中的小梦想，一天一天在成长。2018 年祝愿每个人的“小梦想”和医院的“大梦想”都能实现，祝愿医院扬帆起航，再创辉煌。

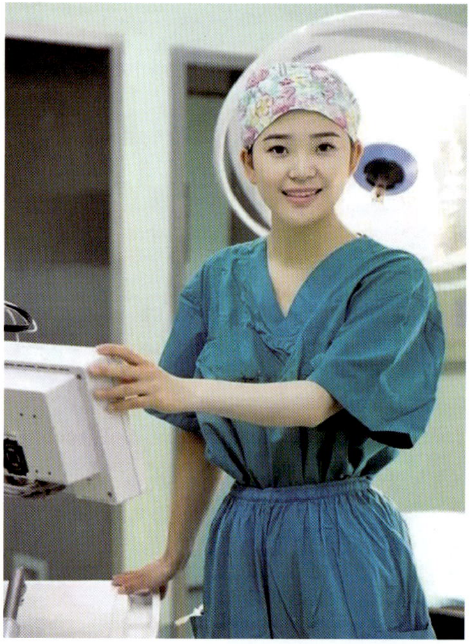

方芳：第一手术部护士　爱好：绘画

学习永远不晚

退休前，原勇一直想学习摄影，但始终没有行动，退休后，时间一下子多了，原勇便报了老年大学，正儿八经地学习摄影，从开始连相机卡都不会安装，到慢慢学会相机的各项基本操作，到逐步拍出自己满意的作品。现在原勇经常背起相机，游历四方，原勇说，活到老，学到老，学习永远不会被辜负。

有想法，就要付诸行动，不犹豫、不顾虑。新春佳节即将来临，给大家拜年，祝阖家幸福，身体康健，祝医院在新的一年里，各项工作百尺竿头更进一步！

原勇：退休职工　爱好：摄影

认真，你就赢了

贴上春联就有了年味，产科护士长刘延红说，产科的春联每年都是同事们自己想出来的，虽然看似一件简单的小事，但大家都认真对待，要做就要做好。刘延红说，2017 年产科接生了 6000 多小生命，新生儿智护训练、脐部护理、母乳喂养指导、新生儿观察、黄疸检测……我们认真对待每一个小生命。

新年祝福：一手慰患者，一手托希望，认真是我们不变的态度。狗年即将到来，祝愿天下所有的父母都喜乐安康！祝愿所有的宝贝都健康快乐、茁壮成长！

产科团队　自编对联

【山高水长家国】

SHANGAO SHUICHANG JIAGUO

不间断的 10000 次按压

2018 年 10 月 26 日早上 10 点，甘肃省华池县人民医院儿科病房内，一名出生仅 13 天的男婴呼吸微弱、皮肤灰白、四肢冰凉，当地医生们对其进行紧急抢救，但却没有任何效果。

正在此时，刚刚来到华池县两天、正在做上岗前准备的山东大学第二医院援华池医疗队队员朱晓波匆匆赶来，他在对患儿进行初步检查后，迅速作出了“新生儿呼吸衰竭、休克”的判断。

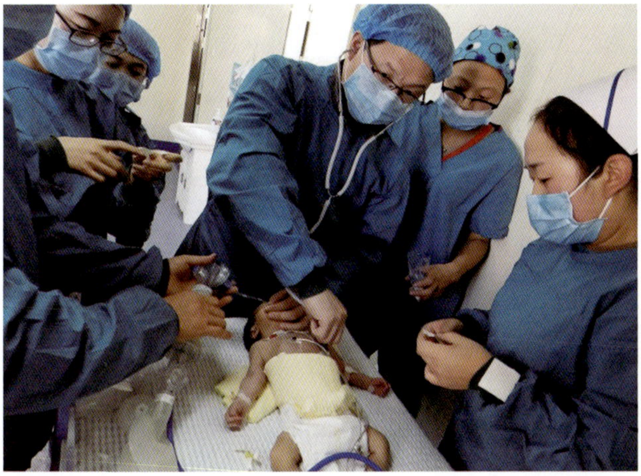

“必须尽快进行气管插管，否则孩子性命不保。”朱晓波说。

但是，由于当地的医疗条件有限，华池县人民医院中并没有一次性气管插管用具，朱晓波想起临行前曾在济南带了几套，于是立即派人去宿舍取。而正是这套看似简单的用具，为挽救这名患儿的生命带来了一线希望。

朱晓波成功进行气管插管、复苏囊正压通气后，患儿气道得以开放，建立通气；同时他又给予多次液体复苏，纠正酸中毒，维持血压，紧急完成头颅 CT、胸腹 X-ray、血气等检查。在他的努力下，患儿的休克状态渐趋改善，肤色开始转红。

就在他刚刚松了一口气的时候，新的问题又出现了——医院的新生儿呼吸机不能使用！无奈之下，朱晓波只能继续为患儿行气管插管后的复苏囊正压通气，手动按压气囊，帮助患儿呼吸。

随后，朱晓波和医疗队的其他同事紧急联系有呼吸机的上级医院，对患儿进行转运。下午 14 点，转运开始，3 个多小时的崎岖山路，朱晓波一只手紧紧怀抱着患儿，而另一只手，一直有节律地按压着复苏囊，始终保持着每分钟 40~50 次的频次，这一路，他整整按压了近 10000 次！

尽管在到达上级医院放下孩子后，朱晓波的手部酸麻得很厉害，但他并没有觉得什么，他回忆说，"当时真没感觉到累，就感觉到孩子还有救，还有希望。"

下午 17 点，患儿生命体征平稳地转入上级医院继续治疗，朱晓波依然没有离去，而是选择继续留下来协助指导收治医院对患儿进行救治，直到深夜才返回住处。

"现在患儿已经脱离了生命危险，正在医院接受进一步治疗。"朱晓波说。

此次朱晓波和他的同事们对危重新生儿的抢救，是山大二院对口帮扶甘肃华池的"第一仗"。"这一仗"打得很漂亮，不仅挽救了生命，而且更温暖了人心。

据悉，这是华池县人民医院儿科接收的第一例危急重症新生儿，也是医院儿科完成的第一例气管插管，同时，新生儿使用气管插管后的复苏囊正压通气进行长途转运，也是第一次。

抢救期间，得知患儿家境情况一般，朱晓波又与山大二院其他四名医疗队员：质量管理办公室孙亮、耳鼻咽喉头颈外科贾涛、妇科于云海、产科郭萌集资 1000 元现金，捐给了患儿家庭。

患儿的父母激动地说："山大二院的专家太好了，救了我们的孩子，还给我们捐款，谢谢，谢谢！"

致敬语：

抬起头，自信踏入哈佛医学殿堂；

俯下身，又甘愿深入华池病房。

三小时崎岖山路，一万次不间断按压，

生死面前，彰显厚积薄发的力量。

心中有光芒，何惧道阻且长。

光明之路：坚守公益之心，传递健康与温暖

近年来，山东大学第二医院积极响应国家援疆、援青号召以及精准健康扶贫政策的号召，自 2014 年开始，山东大学第二医院“光明列车”已连续行驶 6 年。山东济南往返青海、山东革命老区、陕西、新疆，总行程达 5 万余公里，累计圆满完成 1000 余例白内障手术、20 例手足畸形手术、15 例脑瘫手术；无偿捐赠价值 100 余万元的医疗、教育等物资。

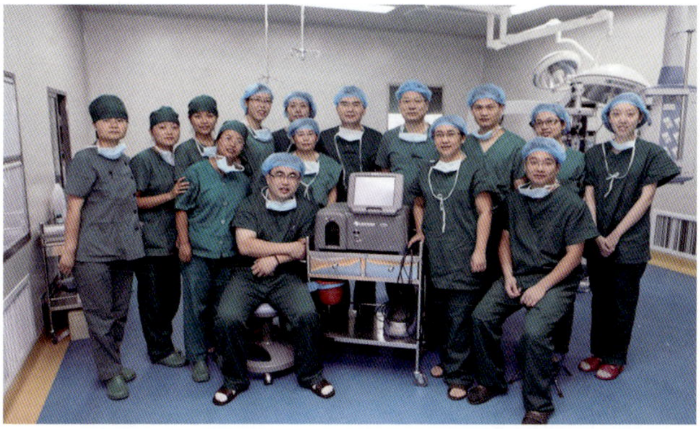

6 年间，山东大学第二医院勇于承担社会使命，将齐鲁儿女的深情厚谊传递给了青海人民、山东革命老区人民、陕北人民以及新疆维吾尔族同胞们，以实际行动谱写了一曲曲光明赞歌，在中国版图上绘制出了一条条爱的轨迹。

纵观 2014 年“青海光明行”、2015 年“光明行 手足情——山东抗战老区公益健康行”、2016 年“喀什光明行”、2017 年“光明行 手足情——山大二院对口帮扶陕西子洲健康扶贫行动”2017~2019 年“山东省对口支援喀什地区光明行”活动，山东大学第二医院“光明行”足迹已遍布边疆地区、革命老区以及贫困边远地区，将光明与健康惠及当地百姓，将温暖与爱心洒遍每个角落。

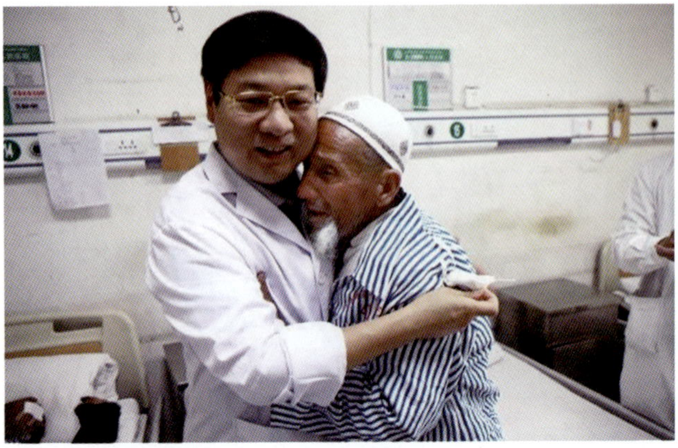

山东大学第二医院“光明行”始终践行诺言与使命，一直传递爱与责任。每到一处，患者家属的广泛称赞，政府部门的高度认可，让我们为之感动，为之自豪。同时，开展“光明行”活动也为援疆、援青以及精准健康扶贫工作贡献了自身的一分力量。6年的时间，山大二院“光明行”系列公益活动得到了国内主流新闻媒体的积极关注和报道。其中，山东卫视《山东新闻联播》连续5次进行报道，新疆卫视《新疆新闻联播》也进行了报道；《大众日报》、《健康报》、《齐鲁晚报》、《半岛都市报》等各大报纸媒体以及国内各大主流网络新闻媒体也纷纷报道医院开展的“光明行”活动。

勇担社会责任，爱心传遍万里

【2014“青海光明行”】2014年，山东大学第二医院“青海光明行”爱心

公益之旅正式起航。经过 5 天的时间，以山东大学第二医院眼科（山东大学眼科中心）主任张晗为核心的“光明行”医疗队为海东市 100 名贫困白内障患者实施了免费复明手术，手术均达到预期效果。此外，“光明行”医疗队开展义诊活动及专家讲座，为当地医护人员进行帮扶和指导，努力提升当地医疗水平。

【2015“光明行 手足情——山东抗战老区公益健康行”】在世界反法西斯战争暨中国抗日战争胜利 70 周年之际，“光明行 手足情——山东抗战老区公益健康行”活动走进革命老区枣庄、临沂两地。历时 3 天，医院“光明行医疗队”共计为枣庄、临沂 70 名白内障患者、12 名手足畸形患者免费实施了手术。同时，捐赠了 20 辆轮椅、40 副拐杖，并向渊子崖小学捐赠 100 套桌椅和一套音响设备。

【2016“喀什光明行”】2016 年，医院联合大众网、山东省援疆工作指挥部开展“喀什光明行”活动，共计为 85 例白内障、10 例脑瘫患者开展了免费手术。此外，还向喀什地区无偿捐赠了 2 台卡式灭菌器。

【2017“光明行 手足情——山大二院对口帮扶陕西子洲健康扶贫行动”】2017 年 6 月，医院“光明列车”走进陕西子洲，为当地贫困白内障患者、手足畸形患者实施了免费手术。历时 4 天，医院“光明行”医疗队共计为当地近百名符合条件的白内障患者、手足畸形患者成功实施免费手术，获得当地百姓及家属的广泛好评。

【2017“山东省对口支援喀什地区光明行”】继 2016 年“喀什光明行”之后，医院“光明列车”继续走进新疆喀什。三天筛查近 300 例、五天实施 207 例手术、累计行驶 1000 多公里、拆装手术设备 6 次，耗时 15 小时……医院“光明行”医疗队先后走进疏勒县、麦盖提县、英吉沙县等四个对口支援县中的三个县，共计实施 207 例免费白内障手术。

【2018“山东省对口支援喀什地区光明行”】继 2016 年、2017 年“喀什光明行”之后，医院积极响应援疆号召，“光明列车”继续走进新疆喀什，为当地维吾尔族同胞们送去健康与温暖。医院“光明行”医疗队先后走进新疆喀什地区疏勒县、岳普湖县，共计为 200 例白内障患者成功实施了免费手术。

【2019“山东省对口支援喀什地区光明行”】2019 年 8 月 22~30 日，2019“喀什光明行”活动走进新疆喀什地区，医院派出眼科团队为当地 200 例贫困白内障患者成功实施了白内障复明手术，圆满完成了 2017~2019 年“喀什光明行”活动的任务和使命。

以公益之名，行公益之事

作为国家卫生健康委员会委属（管）医院，多年来，山东大学第二医院一直致力于公益事业的发展和社会责任的担承，承担了多项援边援疆任务。“光明行”系列公益活动专家团队均由临床科室主任亲自挂帅，带领科室骨干参加，把精英人才和先进技术带到受援地。被誉为“除障神手”的山东省著名白内障专家张晗，手外科/足踝外科（山东大学足踝中心）主任、山东省著名足踝专家胡勇，医务部主任、儿外科专家王若义身先士卒，积极投身于“光明行”系列公益活动。他们秉承“大医精诚、仁心仁术”的从医理念，将健康与温暖送到百姓身边。

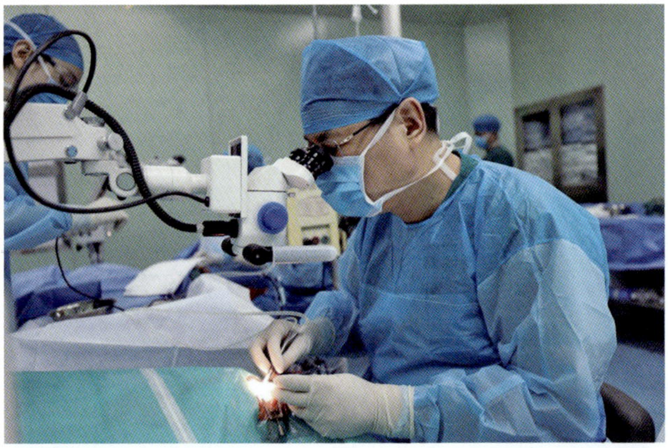

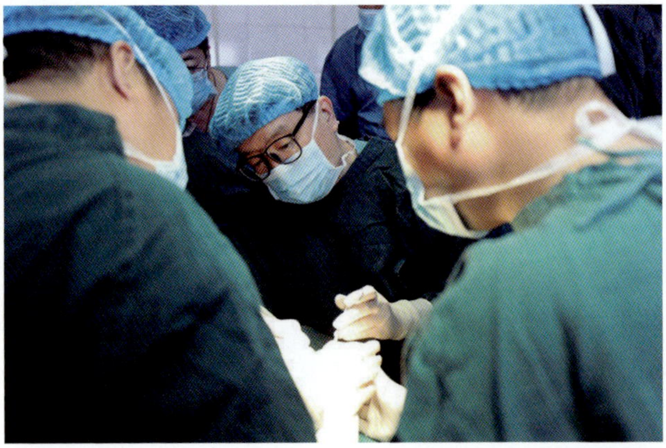

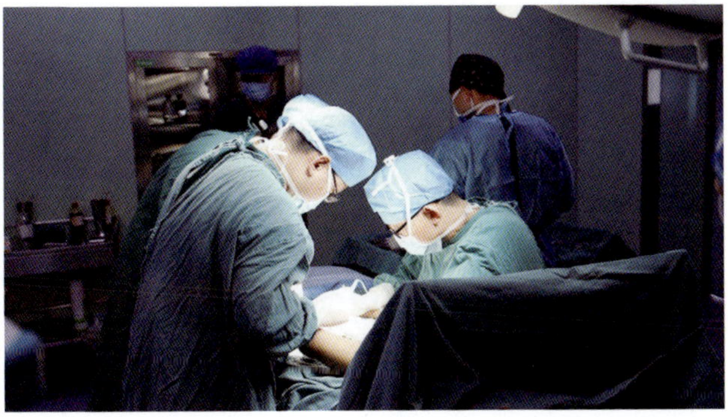

工欲善其事，必先利其器。“光明行”系列公益活动全部采用进口晶体耗材，手术所需超声乳化机器、显微镜、快速消毒锅等设备和耗材也由山东大学第二医院统一统筹打包空运至受援地区。此外，为确保手术顺利开展，“光明行”医疗队先遣组提前抵达受援地，对初筛患者进行二次筛查，最终确定符合手术患者人选，并确认每位患者人工晶体度数。同时，“光明行”先遣组对手术所需医疗设备进行统一安装调试，做好术前准备工作，并为当地医院医生开展相关仪器操作、围术期注意事项等方面的培训。

我们知道，“光明行”不仅让白内障患者重见光明，也为手足畸形、脑瘫患者送去了关爱和温暖。六年间，“光明行”系列公益活动累计为1000例白内障患者、20例手足畸形患者、15例脑瘫患者成功实施了免费手术，并捐赠价值100余万元的医疗和教育物资，为边疆地区、革命老区的健康及教育事业发展做出了突出贡献。

心在明德，技求至善。每到一地，“光明行”医疗队在两个手术室里轮流进行，当一台手术进行完，助手还在进行后续包扎时，另一个手术室里已经准备好下一台手术，手术室里除了主刀医生与助手、护士间几句的简单交流，整个手术室里就只剩下电子仪器运行的嗡嗡声。“光明行”活动常常辗转上千公里，在革命老区，专家团队早上天还蒙蒙亮便出发，手术一直持续到晚上7、8点，回到住处已经10点多了；在新疆喀什，王若义带领专家团队利用一上午时间，完成52名脑瘫患者的筛查，刚下手术台，看着手术室外等候治疗的孩子，王若义来不及休息便又开始继续检查。

每次“光明行”系列公益活动，省级主流新闻媒体大众网均设立专题版块，全程记者团队随行，记录着“光明行”医疗队送光明的感人故事，实时宣传报道活动进展情况。“光明行”系列公益活动宣传报道涵盖了电视、纸媒、网络、移动端等各类宣传资源，全方位、立体式地诠释爱、播撒爱、传递爱。“光明行”活动结束后，相关图片通过影展、专题网站等形式进行展出。

公益接力，让爱带来光明

从青海到新疆再到陕西等地，每位重见光明、恢复健康后的患者脸上都洋溢着幸福的表情。大爱行为早已深入人心，当地医护人员与患者家属纷纷点赞。

在青海，一位刚从手术台上走下来的少数民族大妈听不懂普通话，借助当地护士的翻译，她说，自己感觉“好得很”，手术不算疼，时间也不长，非常感谢山东来的专家；13 岁的赵以强是青海海东市引胜乡的一名学生，也是 2014 年“青海光明行”活动中百名受益者中年龄最小的患者，从出生开始，他看东西就像隔着一层纱布。赵以强家住在引胜乡赵家湾，到市医院来回一趟要坐四个多小时的汽车。张晗得知情况后，带上眼科设备和两名医护人员上门检查，救护车在坑洼泥泞的乡间公路上颠簸了两个多小时抵达目的地。经过检查，赵以强右眼的白内障已经很严重，而且在晶体的中心部位，对视力影响很大，需要尽快手术。当晚，赵以强就被接到了海东市人民医院，第二天顺利接受了手术，从进手术室到包扎完成，一台手术的时间不到 10 分钟。

在山东抗战老区“中华抗日第一村”临沂市莒南县板泉镇渊子崖村，91 岁高龄的抗战老人林庆玉在抗日战争期间双手被重度烧伤，手指已经变形，再也无法伸直了。随着年龄的增长，老人的视力也开始变差。了解到林庆玉老人的情况，山东大学第二医院领导和专家特意赶到老人家中看望，赠送了轮椅，经过简单检查，专家认为有必要做进一步的检查治疗，后经细致检查，确认老人双眼患有白内障。但因老人没有进行心电图、血常规等项目检查，同时考虑老人年龄较大，不宜乘车长途颠簸劳累，院领导、专家与莒南县人民医院进行积极沟通，决定在莒南县人民医院为老人实施白内障和手足畸形手术。经过精心治疗，手术也圆满完成。“真的非常感谢山大二院、莒南县人民医院和两位专家，让我父亲在这么大年纪的时候，还能实现看清楚的愿望，避免截肢的危险。”老人的三女儿林素玲激动地说。

在喀什，73 岁高龄的吐尔孙 · 艾力没有子女和亲人，双眼因为患有白内障，几乎已经失去视力，当张晗给老人摘下纱布的时候，坐在床边的老人突然蹦了起来，一把抱住医生，眼含热泪地说道：“看清了，看清了，真的看清了”；另外，67 岁的阿布都·日西提患白内障很多年，经过一系列严格术前检查后，老人成功地接受了手术。为了表达感谢，老人特意嘱咐儿子连夜做了一面锦旗送给了张晗；在疏勒县人民医院，只有 10 岁的孩子图拉普·阿西木在 8 个月大的时候被查出患有脑瘫，6 岁时才可以走路，经过医疗队近两个小时的治疗后手术成功，病房里的图拉普·阿西木举起小手比划着“V”字，父母亲连连竖起大拇指称赞山东专家。

在陕西，77 岁的王奶奶是一名拇外翻患者。由于拇外翻影响，王奶奶日常生活中难以“着地”，只能靠着拐杖艰难地行走，着实让她苦不堪言。听说山大二院专家要来做手术，王奶奶马上报了名。专家到达子洲后，立即给王奶奶进行了术前全面检查，并安排手术。经过半个小时的努力，胡勇及专家组成员李正勋成功为王奶奶实施了右脚的拇外翻手术。“我真是太幸运了，这把年纪能让山东的大专家给做上手术，之前真是不敢想，感谢山东专家，感谢胡主任。”77 岁的王奶奶高兴地说道。

作为国家卫生健康委委属（管）医院、百年老校山东大学的直属附属医院、全国首家“新版三级甲等”综合性医院，山东大学第二医院将继续充分发挥公立医院的公益性，实实在在为百姓健康谋福利，继续开展“光明行”公益活动，将健康与温暖洒遍世界每个角落。人民有健康，生活才会更幸福。今后，山东大学第二医院会把更多精力投入到工作中，为国家实施“健康中国”战略贡献自己的一分力量。

致敬语：

4 年时间，热血耐得了风霜；

3 万公里，担当经得起丈量；

600 余例手术，仁术受得住考验。

公益接力，光明传递，在祖国辽阔的版图上，

你们用心绘制出一条爱的航线。

健康扶贫，爱洒黄土高原

君居黄河前，我居黄河尾，母亲河把山东和子洲连在了一起。2016 年 6 月 30 日，山东大学第二医院作为国家卫健委指定的第一批支援医院，正式启动对口帮扶陕西省榆林市子洲县人民医院。

大医精诚，医者仁心！医院儿外科专家王若义、神经内科专家刘震、妇科专家邓新超、创伤骨科专家霍延青、心血管内科专家刘玉胜等 5 位来自齐鲁大地的专家，作为首批医疗队员，不远千里，来到陕西省子洲县，开启了“一年一轮换，一帮帮 5 年”对口帮扶工作。

近一年的时间里，他们用精湛的医疗技术、满腔的服务热情和高尚的无私奉献，在中国大西北这片黄土高坡的皱褶里，镌刻下了永久的记忆。

不忘初心，用技术带给群众获得感

子洲县，以著名革命烈士李子洲命名，位于陕西省北部，黄土高原丘陵沟壑区腹地，榆林市南缘，是国家级贫困县，农业人口占全县近 30 万人口的绝大多数，医疗服务能力相对较弱。

支援帮扶，用高超的技术给贫困地区人民群众带来福音。医疗队到子洲县人民医院工作的第一天，一位老年男性患者，5 天前因严重外伤导致右侧肱骨近端粉碎性骨折，合并多年房颤及肝硬化，需要进行复杂的肩关节置换手术。

经过精心准备，手术如期进行，医疗队员齐上阵，临时成立多学科联合诊疗小组：王若义、刘震调研并整改手术室及手术器械的消毒灭菌流程，刘玉胜协助控制患者的房颤，改善心功能，骨科霍延青主刀，手术顺利，病人、家属感激地送来两面锦旗。

医疗队员分工协作，密切配合，大大提高了战斗力和援助效率、质量。疑难病例一起讨论，制订手术方案、做术前准备，有困难一起想办法克服，带领各自专业的团队，不断研发新技术，开创子洲县医疗史上的一次次“第一”，填补了子洲县乃至榆林市的多项医疗技术空白。

霍延青最忙，病员多，外伤急诊多，他带领骨科队伍加班加点，相继开展了首例完全肩关节置换术、胫腓骨粉碎性骨折闭合复位髓内针固定、微创治疗桡骨远端粉碎性骨折、束膜间神经松解术治疗多例周围神经卡压综合征等手术。

王若义带领骨科医师开展了子洲县第一例儿童股骨干骨折闭合复位弹性髓内钉固定术、肱骨髁上骨折闭合复位克氏针固定术，填补了县医院的多项技术空白。

妇产科邓新超开展了子洲县首例腹腔镜畸胎瘤剥除术、首例腹腔镜全子宫 + 双输卵管切除术、首例高龄患者腹腔镜卵巢蒂扭转附件切除术、首例腹腔镜双卵巢肿瘤剥除 + 胆囊切除术、首例腹腔镜急性阑尾炎阑尾切除术。

多项复杂疑难手术成功开展、技术攻关喜讯不断。截止到 2016 年 12 月底，医疗队在子洲县医院已开展示教手术 70 余台，其中 10 台手术属于榆林市首例，12 台手术属于子洲县首例。

一传十，十传百，医疗队精湛的医疗技术，为山东医生赢得了良好的口碑。当地医务人员遇到复杂疑难病例，就算半夜，也常常会叫医疗队员，参与急诊危重病人的诊断、抢救。慕名而来的患者更是络绎不绝，“技术好、服务好，热情又周到”成了子洲群众对帮扶专家共同的印象。

不仅要治病，更得保健康。医疗队主动拓展帮扶范围，向县政府申请健康公益项目，入村“两癌筛查、母亲健康工程、全民义诊和健康扶贫”巡诊，筛查全县 18 个乡镇的适龄居民，为发现高血压、脑梗死、糖尿病、妇科病等常见病、多发病的群众，实施诊断和健康指导，把先进的健康理念和优质的服务送到村头。

医疗队历时三个月，共免费体检 5700 名，其中“两癌筛查”妇女 3800 余名，采集 TCT 样本 650 余份。共查出病患 560 人，实施手术 75 台；开展健康宣教 10000 余人次，有效缓解了群众“看病远、看病难、看病贵”的问题。

原地栽培，留下一支不走的医疗队

“授人以鱼，不如授人以渔！ 5 年、10 年，帮扶总有结束，让先进的技术和管理经验在这里真正落地生根，才能留下一支永远不走的医疗队！”医疗队始终把“传、帮、带”，提升当地医务人员的技术、服务能力和水平作为帮扶工作的重中之重。

医疗队坚持每周一次科室专业讲座，主要为各自科室专业技术内容；两周一次全院大讲座，医疗队专家轮流主讲，主要讲各专业基本技能，并根据临床需要增加专题讲座。教学查房、观模手术、专项训练，将医疗队精湛的医疗技术、先进的理念和管理方式引进医院，为医院改革创新提供了内生力。

针对医院妇科力量相对薄弱、腹腔镜技术空白的现状，邓新超按照卫生部四级腔镜基地培训学员的模拟室操作流程，对上至科室主任，下至刚入职的医生进行规范化培训，进行模拟箱捡豆粒、剥葡萄、打结、缝合等练习。

“看似简单的模拟箱培训，却有很强的操作性和实用性，现在简单的腹腔镜手术我们已经可以独立开展了。”子洲县医院从业近 20 年的妇科医生史帆说。

在县医院内一科的办公室，琳琅满目的医疗书籍整齐地摆放在书架上，格外醒目。由刘玉胜倡导成立的“读书室”，各类医疗专业书籍全靠大家凑集，供科室人员利用、交流、学习。同时，建立科室微信手机“课堂”，分享最新的医疗技术、疑难病例和临床经验。刘玉胜的热忱和敬业，也感染激励着每位同仁。

用好大后方，架起山东—子洲业务交流的桥梁。医疗队积极协调，制订长期免费培养计划，组织子洲县人民医院技术骨干，分期、分批到山东大学第二医院开展最短 2 个月、最长一年的混合培养，在 2 年内将县医院所有科主任、5 年内将所有技术骨干全部轮训一遍，确保所有人员技术水平和业务能力上新台阶。

“以前不敢用的药、不会用的药，现在敢用、会用了；以前不敢做、不能做的手术，现在敢做、有条件做而且能做得很好了。”子洲县医院内科医生李明慨叹帮扶专家给自己带来的帮助。

精准帮扶，打造区域医疗服务中心

山东大学第二医院，是山东乃至全国首批达到新医院等级标准的“三级甲等医院”，具有完善的标准体系和丰富的管理经验。

标准先行，把住医疗质量生命线。医疗队在认真分析子洲县医院综合管理和服务能力的基础上，以问题为导向，组合出拳、精准发力，帮助医院全面强质提技，让山东医院的先进管理理念落地生根。

组织召开“二级甲等医院评审标准细则任务分解培训会”，传授山大二院的“创建”经验，认真梳理子洲县医院创建二级甲等医院的工作，明确重点、分解细化、层层落实、责任到人。

严格医疗核心制度，狠抓医疗质量和医疗安全。医疗队重新完善交接班制度、三级医生查房制度、术前讨论制度、会诊制度等核心制度，使医院各项工作进一步标准化、规范化、制度化。

立足实际，科学制定发展目标。帮助医院制订学科发展规划，加强急诊、ICU、NICU、妇产科、病理科、普外科的力量，增设康复科，进一步优化科室组合，突出重点，打造医院的特色和优势学科。

“在专家的精心指导下，全院医务人员在技术和管理理念上有了极大的提高和转变，这为县医院创建二级甲等工作夯实了基础，开好了头。”子洲县医院院长白万祥说。

经过整改，子洲县医院的医疗质量、各项综合业务指标均明显改善。与 2015 年同期相比，病人死亡率下降 0.27%，药占比下降 5%，高值耗材下降 2.3%，平均住院日下降 0.7 天；医院门诊量、手术量、住院人数、危重病人数量平均增长 15%。

医疗队的帮扶工作也得到了子洲县委、县政府的认可，同行的佩服，群众的点赞。

在健康扶贫的道路上，山东大学第二医院援子洲医疗队坚持不懈、永不满足、不断超越，争取在平凡岗位上，默默奉献自己的专业技术，生动诠释新时期“工匠精神”，谱写出医者仁心的新篇章。

山东大学第二医院因此获评国家卫健委“对口支援精准帮扶贡献奖”，对口帮扶经验在全国交流，五位医疗队员被中共子洲县委评为“支医先进工作者”称号。

致敬语：

君居黄河头，我居黄河尾。

子洲泉城心连心，共饮黄河水。

在对口支援的征程上，

路迢迢不畏千难万险，

爱悠悠遍洒黄土高原。

团圆的故事

中秋将至，月满、花香、人团圆。团圆是什么呢？山东大学第二医院的每位职工都有不同的理解。

在这所医院中，他们在不团圆的经历或故事中，探寻着对团圆的理解，下面就让我们来听听他们的故事。

援非医生刘中浩：异域巡诊，坚守是为了更好地团圆

2018 年 9 月 14 日，作为山东省第 17 批援非医疗队的一员，山东大学第二医院创伤骨科副主任医师刘中浩到塞舌尔已整整一年。毫无疑问，今年的中秋节他还是在异国他乡度过。“跟医疗队的同事聚餐，给家里人视个频，道声祝福，看到彼此安好就放心了。”说起中秋节，刘中浩将思念都藏在云淡风轻的话语里，“虽不能跟家人共度，但能为当地人们解除病痛，也倍感欣慰，也很有意义。”

50 岁的刘中浩，在援非医疗队中年龄算是大的。参加援非医疗队，父母、

家人、朋友都免不了担心。不过，刘中浩更觉得这是一项光荣而艰巨的任务。“这是一个国家任务，必须得有人去。”作为一名老党员，刘中浩觉得在国家需要的时候绝不能后退，要勇往直前，“困难是客观存在的，也都是可以克服的。”

刘中浩父母均已届70岁高龄，为了不让父母担心，刘中浩向老人家说了一个谎，“最初没告诉他们是去非洲，待到后来，在这边都适应了，才慢慢告诉他们的。”

维多利亚医院是塞舌尔最大的医院，也是刘中浩工作的地方。这里百分之八九十的医生、护士都是从国外来的。每周工作6天，一个月要值10天夜班，24小时连轴转……在塞舌尔的工作，远比想象的要忙碌。

刘中浩说，虽然中秋不能跟家人团聚，但能为当地居民解除病痛，也倍感欣慰。“海上生明月，天涯共此时。有时候坚守也是为了更好地团圆。”

吃一碗新疆拉面，是他慰藉思乡之情最快的方式

“你爸爸找你。”当3岁的小女儿将手机甩给11岁的大女儿，背过身继续玩她的巴克队长玩具时，谢兆宏忍不住笑出声来，但他很快又感到心酸——小女儿又不愿理他了。

作为山东大学第二医院的特派专家，这是谢兆宏来到新疆维吾尔自治区人民医院执行援疆任务的第411天，而距离他上次见到自己的女儿，已经整整过去了106天。

第二天一大早，谢兆宏来到新疆大巴扎集市，购买了三大盒牛奶巧克力、三

大罐综合干果仁以及三大包新疆牛肉干，他选择用最快的邮政速递寄回济南，姓名一栏里，除了妻子祝长磊，他还特意加上了两个女儿的名字：谢欣诺、谢雨芮。

乌鲁木齐与济南，相距3200公里，横跨2个时区，乘坐飞机需要5个多小时。

遥远的距离时常让身为父亲和丈夫的谢兆宏感到深深的牵挂和眷恋。想家的时候，他经常会在食堂打包一份新疆拉面回宿舍，一边吃一边和家人视频聊天。在他看来，这碗面与妻子自制的手擀面最为相似，吃面是他慰藉思乡之情最快的方式。

2017年中秋节，谢兆宏独自登上宿舍的顶楼赏月，他用手机拍摄了一张月亮的图片发给祝长磊，祝长磊则很快发来一张与两个女儿的合影，三人笑意盈盈，快乐溢出屏幕。

谢兆宏只记得那晚夜凉如水，月光皎洁，内心充满幸福与满足。

有时候，团圆就是，亲人之间彼此的思念，化为慰藉。

在子洲通往济南的火车上，她第一次理解了归心似箭的含义

2017年10月15日之后的三个月里，张娟的眼睛经常是肿着的。她只要在闲暇时想到6岁的儿子刘子意，就好像打开了眼泪龙头，泪怎么也止不住。

那是心血管内科医生张娟作为医院援陕西子洲第二批医疗队员，开展为期一年的援建工作，刚刚离开家时的情景，此前，她从未离开儿子超过3天。

作为医疗队唯一的一名女队员，她在出发之前，并没有意识到自己的“脆弱”。

"妈妈是去困难的地方帮助别人,我们应该都高兴才对。"她一直这样安慰儿子。

临行前,张娟专门购买了两册图画本,并且跟儿子约定,想念对方的时候,可以为对方画一张画。

如今,他们已经画了 100 多幅。

儿子喜欢动物,张娟就为他画了马、长颈鹿、熊等各式各样的动物,而儿子最经常画的,则是各种神态和表情的妈妈。

2018 年 3 月 14 日,是张娟唯一一次请假从子洲赶回济南,因为儿子高烧 40 度 7 天未退,已经住进了儿科病房。

子洲到济南,12 个小时的车程,张娟在火车卧铺上辗转反侧,第一次体会到了归心似箭的含义。

当她风尘仆仆地冲进病房时,儿子对她说的第一句话让她记忆犹新:"妈妈,你不要再走了好吗?"

5 天后,儿子痊愈,张娟却没能满足儿子的愿望,她趁儿子熟睡时,悄悄返回了子洲。

有时候,团圆就是,在泪水中体味的离别,聚成深情。

他拥抱了每一位照顾他的护士阿姨,但却一句话都没说出来

在一家手工烘焙坊中,周伟正在请糕点师傅做一份特殊的鸡蛋糕:无蛋黄、适量蛋白、少白糖。

周伟是儿内三科的副护士长,这份鸡蛋糕是她为科里一位名叫范广会的 5

岁小病号准备的。

小广会来自菏泽，患有非常严重的肾病综合征，因为蛋黄和白糖会加重肾脏代谢负担，所以周伟更加小心翼翼。

这已经是小广会今年第四次来到医院住院了，周伟逐渐摸清了他的家庭情况：母亲智障、父亲务农，只有年迈的爷爷照顾小广会，经济条件十分拮据。

周伟曾经看到，小广会和爷爷经常分吃一个烧饼、一份稀饭、一个鸡蛋，每次都是等孩子吃饱了，爷爷才把已所剩无几的饭吃光。

从那以后，周伟就经常和主管医生王育龙共同商量给小广会的“特殊食谱”，并和科里其他同事一起，为他准备一些合适的饭菜和零食。

每天中午 12 点，是护士们的用餐时间，也是小广会准时来护士休息室“报到”的时间，在这里，他第一次吃到了鱼肉，第一次见到了海虾，第一次喝到了牛奶。

中秋节前，小广会痊愈出院，临行前，他拥抱了每一位照顾过他的阿姨和叔叔，嘴巴扁扁的，一句话都没说出来。

出院的第二天，爷爷打来电话告诉周伟，小广会穿上医生护士们给买的新衣服，在家里连蹦带跳，还一边转圈一边喊：“小姨！大爷！”（家乡话，意为阿姨、叔叔），家里很长时间没这么高兴了，谢谢你们！

有时候，团圆就是，看到别人幸福的团聚，内心的圆满。

远赴非洲时，他带上了家里唯一的一张全家福

杨玉海在抵达塞舌尔共和国后，终于明白了妻子刘茹为什么非要让他带

10 套换洗内衣、10 双袜子、6 双鞋子。

塞舌尔地处非洲西印度洋，属典型的热带雨林气候，高温多雨，气候潮湿，洗过的衣服、刷过的鞋子一连几天干不了是再正常不过的事情。

影像医学中心杨玉海与同事、创伤骨科刘中浩，自济南奔赴塞舌尔，参与中国第十七批援塞舌尔医疗援建工作，为期两年。当地人亲切地称中国医疗队员为“塞舌尔的中国医生”。

其实，面对这次时间长、距离远、任务重的援非工作，杨玉海也曾有过犹豫：“对一个医生来说，两年的时间外出非洲，不仅会形成科研、学术上的断层，而且对家庭的照顾也会缺失。”

“但是，国家的任务总要有人去完成，我愿意做这个人。”杨玉海说。

临行前，杨玉海在钱包里放上了一张已经有些泛黄的老照片，那是 2005 年夏天，杨玉海一家三口去北京颐和园游玩时拍摄的，同时也是家中迄今为止唯一一张全家福。

“每天把照片带在身上，就好像她们在我身边一样。”杨玉海说。

中秋临近，杨玉海正在忙碌地准备着各种入职手续，一周后，他即将正式去塞舌尔维多利亚医院，投入临床工作。

尽管这注定是一个身处异乡的中秋节，与家人的相聚遥遥无期，但杨玉海却丝毫不介意，“塞舌尔的医疗条件比较差，在这里能为非洲人民做点事情，过一个有意义的中秋节也很好。”

有时候，团圆就是，心中装着国家的使命，笃定的坚守。

她们本是素不相识的一群人，却因为疾病成为家人

傍晚七点，在济南泉城公园的一块空地上，16 名女性围坐成一圈，正在饶有兴致地欣赏一首歌曲表演《月亮代表我的心》，现场其乐融融，掌声阵阵，她们当中，年龄最大的 56 岁，最小的 28 岁。

这不是一场普通的中秋联欢活动，而是山东大学第二医院乳腺外科“爱相聚 · 志愿服务队”为乳腺癌患者专门组织的活动，迄今，这支服务队已经走过了 10 个春秋。

正在表演的是 48 岁的刘霞（化名），她和其余 15 名女性一样，无一例外是乳腺癌患者。

负责志愿服务队活动组织协调的乳腺外科护士长张萍依然清晰地记得两年前，刘霞刚刚做完乳房再造手术后的状态，“每天一个人默默地流泪，不说话，也不吃饭，情绪非常抑郁。”

其实，这也是大多数乳腺癌患者最初的心理经历。

每每遇到这样的情况，“爱相聚 · 志愿服务队”的成员们便会主动来到医院，与张萍她们一起，和新病友们拉家常、讲道理、做训练，有时候一陪就是一整天。

医务工作者和志愿者们一起，用特殊的亲情驱散了她们的阴霾。

2018 年的中秋节，张萍和她的同事们策划了一次登山活动，她们将爬上千佛山登高望远，俯瞰济南的全景。

这些天，“爱相聚 · 志愿服务队”的微信群里热闹非凡，100 多名病友都在热切地期待着这场相聚，河北邢台的 41 岁的赵阿姨以及家住济南市的 62 岁的杨奶奶，第一时间报名了这次活动。

“不管我们在什么地方，不管我们多大年纪，这里都是我们的家。”刘霞动情地说。

有时候，团圆就是，将陌生人变成亲人，付出的博爱。

团圆，是人类对亲情最好的诠释。

但总有这样一些人，他们愿意在思念、泪水、期许、坚守、博爱中去重新定义团圆的内涵。

而这些崭新的含义，就像生命中必不可少的盐，帮他们悄悄酿成命运的甜。

亚克西！看清山东专家了

艾买尔·托合提是麦盖提县尕孜库勒乡巴格阿瓦提村村民，与老伴儿佐拉·达吾提多年一直视力模糊，看不清楚东西。得知“喀什光明行”活动消息后，两位老人报上名，一直期待着山东专家的到来，希望能够通过术前所有严格的筛查项目，早日实现复明。

2017 年 7 月 17 日，艾买尔·托合提与老伴儿佐拉·达吾提一直等待的这一刻终于来了。山东大学第二医院援疆医疗队抵达麦盖提县人民医院后，为两位老人进行了细致的筛查。经过筛查，艾买尔·托合提顺利通过所有手术筛查项目，可以手术。但是，不幸的是佐拉·达吾提由于血糖高，暂时不能手术，决定延迟手术。

当问到艾买尔·托合提揭开纱布后最大心愿时，他激动地说：“摘掉纱布后，我最想看到给我光明的山东专家长什么样儿，一定当面好好谢谢他们。是他们让我看到光明、看到希望。”此刻的艾买尔·托合提正在进行术前最终信息和晶体核对，以及术前消毒，即将走进手术间。

做好一切术前准备工作后，艾买尔·托合提在医护人员的陪护下走进手术间。这一刻的艾买尔·托合提内心很激动，因为他深知离再次重见光明越来越近了。这时，山东大学第二医院援疆医疗队正在为艾买尔·托合提做手术准备，手术即将开始。

此刻，艾买尔·托合提与山东专家的距离是最近的，他的术前愿望也要马上实现了。在当地医院手术间里，山东大学第二医院援疆医疗队队长、山东大学第二医院眼科主任张晗正在为艾买尔·托合提进行手术。短短几分钟，张晗主任一句“可以了，手术很成功”，艾买尔·托合提的手术结束了。

术后，艾买尔·托合提在医护人员的陪伴下走出手术间。从走进手术间到走出手术间，对于艾买尔·托合提的人生是个重要转折点，经过一晚休息，第二天一早就可以重见光明。

7 月 21 日一早，张晗来到艾买尔·托合提病床前，为其揭开纱布。此刻的艾买尔·托合提在睁开眼睛的一瞬间，就能重见光明。揭开纱布后的艾买尔·托合提激动地说道：“亚克西，太棒了！终于看清楚为我手术的山东专家了，太感谢你们了。”

重见光明后，张晗嘱咐艾买尔·托合提如何进行术后康复，为其耐心细致地讲解眼药水的用法。艾买尔·托合提也一直在点头示意，表示一定记在心里。

经过严格术后检查，并嘱咐如何用药后，艾买尔·托合提可以出院回家了。得知艾买尔·托合提拄着双拐，行动不便，山东大学第二医院援疆医疗队将艾买尔·托合提与老伴儿送回尕孜库勒乡巴格阿瓦提村。一路上，艾买尔·托合提有说不完的心里话，一直在感谢山东大学第二医院的专家。

30 分钟后，77 岁的她重拾笑容

2017 年 6 月 6 日下午，77 岁的王奶奶被推进了子洲县人民医院第一手术室，在当地医院医护人员的积极配合下，王奶奶的拇外翻手术开始了。

王奶奶是子洲当地一名拇外翻患者。由于拇外翻的影响，日常生活中难以“着地”，只能靠着拐杖艰难地行走，着实让她苦不堪言。听家人说山东专家来子洲，还能免费给做手术，王奶奶感觉自己是幸运的，马上报了名。

山东大学第二医院专家到达子洲后，立即给王奶奶进行了术前全面检查，并安排手术。

整个手术过程中，王奶奶非常配合山东专家组进行手术，可见她一直想要正常行走的急切心情。

经过半个小时的手术，王奶奶右脚的拇外翻手术顺利结束。山大二院手外科 / 足踝外科主任胡勇介绍，整个手术过程非常顺利，患者情况都在掌控之中，术前也做了相当充分的准备。

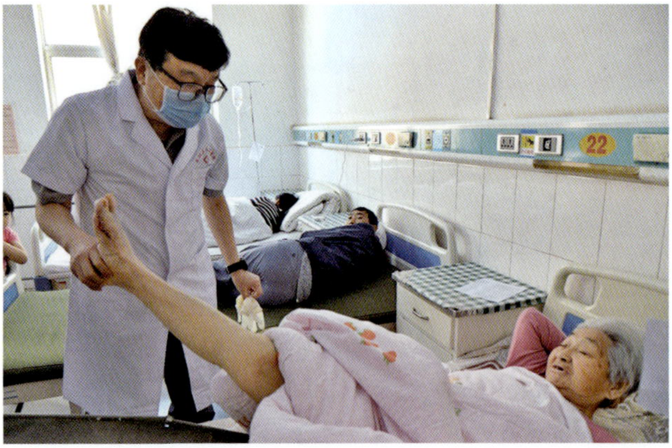

术后第二天一早，胡勇及专家团队来到骨科病房，对王奶奶的术后情况进行检查。王奶奶很激动，也很期待。她表示，从昨天下午做完手术就一直盼着胡主任的到来，见到胡主任真是太高兴了。

在病房，胡勇仔细耐心地询问着王奶奶术后的情况，一直在说手术非常成功，让她放心，正常行走已经不是问题了。

“我真是太幸运了，这把年纪能让山东的大专家给做上手术，之前真是不敢想，感谢山东专家，感谢胡主任。”77 岁的王奶奶高兴地说道。胡勇表示，能为子洲的患者尽一份力，做自己力所能及的事情，感觉真的很好，为病人解除病痛是我们的使命和责任。

迟到十一年的相聚

2008 年的汶川地震，山东大学第二医院当时接收了大概二三十名伤员，其中有一人就是小凤。小凤当时 4 岁了，是沿着头皮的撕脱伤，就是整个这一块连着耳朵可能当时都下来了，在当地简单地处理了一下，后来就从成都转到这边（山东大学第二医院）来。这个孩子其实挺幸运的，她当时说是躲在桌子下面，挡了一下。

小凤只是皮外伤，后来做了手术，有一个多月就好了，但是还有点疤痕。这个孩子刚来的时候还是比较胆小的，可能地震过后还害怕，可是后来慢慢地看起来是挺活泼的孩子。

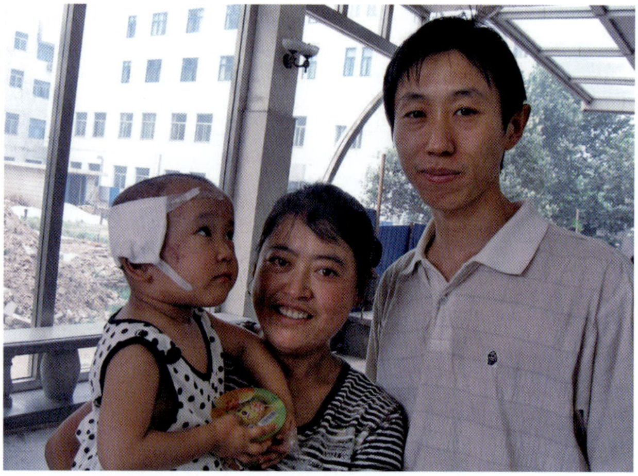

2008 年小凤、小凤妈妈与神经外科医生赵旭合影

小凤回成都后十多年，医生赵旭和小凤家里一直没见面。但这期间也有联系，一般是过年的时候打个电话、邮寄个东西。但是当地方言听不太懂，草草几句就结束了。头一年刚走的时候联络会更密切一些。第一年给她妈妈邮寄的羽绒服，因为回去以后也不知道是什么条件。他们也会邮一些当地的

腊肉。

今年暑假借着带孩子出去玩一玩，赵旭也觉得这么长时间没能过去看看她，她现在什么情况，10 多年了也不太了解。

小凤家乡风景 摄影 / 赵旭

小凤的家在茂县，是羌族自治县，从汶川往北，坐汽车半个多小时就能到。地震之前，他们住在山里，后来搬到镇上，环境相对好点了，就在公路边上交通也比较便利。而且镇上的设施都齐全，包括商店、卫生院、幼儿园。

孩子妈妈在路边迎接赵旭，去到家里以后，当然都是挺激动、挺热情的。她家里的情况，后来就慢慢地了解到了。头两年刚回去的时候，可能还不太行，住的是当时的一些临时简易房，这两年，小凤家里逐渐开始种果树，包括车厘子、李子，销路也不太愁，所以这两年慢慢地在变好。小凤爸爸农闲的时候会打一些工，有点收入。小凤爸爸说，今年准备再把房子重新装修一下。

地震给小凤的面部留下一些疤痕，对心理也造成一些影响，性格腼腆，不善与人交流，不敢一个人睡觉。但小凤是一个特别听话懂事的孩子，能帮助家里做家务，是妈妈的好帮手。小凤的姐姐已经辍学，小凤现在上初二，周一到周五乘车到县城的中学上学，在学校吃住，周末才能回家。她喜欢语文与美术，但数学成绩不好。家里人都希望她能好好学习，考上大学。

2019 年赵旭全家与小凤全家合影

从 2005 年赵旭到山大二院，正儿八经的请年假这是第一次，赵旭出来了一个礼拜，在他们家三天。一家人都很感恩，对赵旭很热情，带着赵旭一家去县城转了转，古羌城、九鼎山，景色挺好。给赵旭一家准备的被子都是新的，赵旭没问是不是特意又买的，因为家具都是旧的，但他们那个床是新的。赵旭只是提前三四天告诉他们的，电话里他们反应并不强烈，他们其实是不太善于表达自己的感情，走的时候是哭了，特别想挽留赵旭一家再住一晚上，小凤妈妈还叮嘱赵旭一定再来。

他们还委托赵旭找个人，这个人也是地震时在济南帮助过他们的，说是“希望工程”还是什么，但好心人的地址他们弄丢了。最后，小凤一家把好心人全家人的名字告诉了赵旭，赵旭又通过派出所找到了这家人住的地方和电话，小凤一家就是想邮寄一些水果表达感谢，他们都记得。

小凤脸上伤痕还比较明显，回来以后赵旭给整形科大夫看了，说可以做手术使疤痕小一些，完全去掉不太可能。赵旭同她妈妈说了，不知道孩子愿不愿意做手术。

回家后小凤和全家人的音容笑貌仍时时在赵旭脑中飘荡。这次探访让赵旭圆了多年的夙愿，消除了赵旭对小凤及其家人的担心。这次特别把小凤脸上的瘢痕拍了照，回来后咨询了整形手术的问题，希望以后能给小凤一个更加美丽灿烂的笑容。祝愿她们全家的生活越来越好。

援助塞舌尔，医者无悔

2014 年 10 月 15 日，一封来自塞舌尔华裔的感谢信出现在山东大学第二医院的官方网站上。信中对当地中国医生“遇临床复杂之情况亦能善断，处置得当，屡获外方同行之赞誉”表示赞赏。

事情要回溯到 2012 年的 7 月 21 日：中国第十四批援助塞舌尔医疗队六人，踏上 1 万公里之外的援非之路，开始了为期两年的援助塞舌尔医疗工作。两年间，这支队伍在当地广受好评，“中国医生”的名号叫响了塞舌尔全境。

山东大学第二医院心血管内科刘平就是这支队伍里的医生，同时也是队长。白大褂、黑皮鞋、中等身材，刚到不惑之年的刘平却已鬓角微霜，掩饰不住岁月的痕迹。回忆起在塞舌尔的点点滴滴，刘平的心情难以平静。

任务紧急，总要有人承担

援外是刘平人生中一次艰难的抉择。面对这次跨时长、未知数多的医疗任务，他也曾犹豫、纠结过。“出去援外势必会造成患者断层、科研中断。家庭方面，我刚结束近十年的两地分居，孩子教育、老人身体也都需要我。”但最终，作为一名中共党员的他，经过一番思想斗争，还是作出了援外的决定。或许是因为党性与责任，也或许是因为医生的天职。

接下任务的他，快速调整自己的状态，并从队长的角度拿出了打造“五星之队”的团队建设目标。“只要确定做一件事情，就要全力以赴。”如今，中国援助塞舌尔医疗队“大国之队、专业之队、团结之队、学术之队、文明之队”的五星之队形象，已经慢慢形成。

中华人民共和国驻塞舌尔共和国特命全权大使
史忠俊（左三）与医疗队队员合影

初到塞舌尔，陷入文化休克期

塞舌尔是非洲大陆以东 1000 余公里印度洋上的一个小岛国，面积只有济南的约 1/20，甚至都没有两个天桥区大。初到塞舌尔的一个月，刘平和其他医疗队队员便深深陷入了“文化休克期”。

这里气候炎热，一年当中只有雨季、旱季，对于习惯了四季分明的山东人来说是个不小的考验。因为远离非洲大陆，岛上除了渔业，几乎没有工业、农业，物资和日用品绝对匮乏，高度依赖进口。塞舌尔是卖方市场，买东西一般没有讲价的余地。食物种类少，尤其是新鲜蔬菜和水果。“一颗西芹 15 元人民币，一颗大葱 12 元人民币，一个西红柿 5 元人民币。”在刘平看来，这个岛国的物价水平要高过欧洲，让他时时咋舌。

塞舌尔最大的菜市场，供应非常有限

队员们练就了一手厨艺可以自给自足

“我们队员的英语水平都很高，但跟当地居民交流还是存在障碍，他们说一口法语味道的英语。”说起当地的语言，刘平一脸无奈。工作中，在很多情况下他们必须先用英语跟当地护士交流，再由护士翻译成当地语言告诉患者。

塞舌尔全国唯一的红绿灯

生活方面也很不方便，“全国就一个修鞋的，跑遍所有商店买不到带孔的皮凉鞋，也找不到买毛毯的商店，最大的超市还不如我们乡镇的超市。”很简单的生活问题也能成为大问题。当地人如果电脑、电视甚至是电风扇出了问题，只有考虑扔垃圾桶，原因是科技不发达，没人能修。

工作强度大，一晚能接 50 多个电话

塞舌尔是一个亚非欧移民国家，又是英、法殖民地国家，推行高福利的免费医疗，对医疗服务质量要求很高。因此当地居民对医疗队员的专业、服务水平要求和期望值很高，这无形中增加了队员的工作压力和强度。

像心内科、骨科这样的大科，通常每次预约门诊患者 25~40 位，那么就需要医生坐诊从早上 8:15 一直到下午 1、2 点，有时一上午都没时间喝水或上厕所，经常午饭都吃不上。除了门诊，所有医生还担任着繁重的一线和二线值班，经常是下了夜班还要继续上白班。“在这里上夜班，在相当程度上就相当于为塞舌尔全国的医疗机构值班。很简单的病例、病情很轻的患者，各社区的医生都会让他们到首都维多利亚医院。”刘平曾粗略统计，队员晚上值班能接 50 多个电话，连迷糊一小会儿都是奢望。

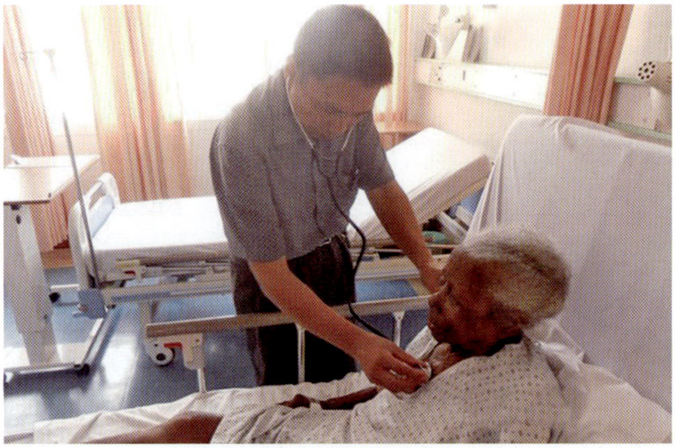

刘平为塞舌尔患者听诊

在外两年，刘平瘦了 8 公斤，青丝变白发，血压也频频升高，每天都要吃大剂量的降压药，更有队员体重下降 10 多公斤。两年中，医疗队共看各类门诊 8684 人次，独立完成各类手术 1318 人次，抢救各类危重患者 243 人次，收治各类住院病人 720 多人次，做针灸 7000 多人次，做心脏彩超并出具报告 1763 人次，发送 X 光报告 27115 人次，拍摄 X 光片 17044 人次，CT 检查和报告 689 人次，B 超检查 352 人次，胃肠钡餐检查 204 人次，到普拉兰岛、拉迪格岛等外岛巡诊 80 多次，工作健康教育 8190 多人次。

在当地儿童眼里，这些中国医生都是他们的朋友

援外期间，队员没有出现一次差错事故，没有出现一次临床投诉，受到当地患者、政府各层面的一致好评。正是因为队员们的辛劳付出，黄皮肤、黑头发的中国医生，在当地人眼中，已经普遍成为亲切的朋友。队员走在塞舌尔维多利亚大街上，总会碰到被他们救治过的患者或家属打招呼——“Hello，Chinese Doctor”。来自患者的认可，也让远离家乡的队员们获得了一份类似于亲人的感动。

回归岗位，追求学术临床新高度

医疗队一行结束援非任务回国后，刘平的第一件事是去看他的实验室，查看实验进度，第二件事是回老家看自己的老父亲，因为他刚刚得知父亲在自己援非期间先后入院四次，“老人一直害怕等不到我回来就先走了……”

对于家庭，两年间刘平错失了太多东西，最令他遗憾的可能是没能见证女儿的成长。“她是个很认真的孩子，很有正义感和社会责任感，QQ 签名竟然是‘为中华之崛起而读书’。”身为父亲的刘平很为女儿的正直和爱心感到欣慰，但同时也担心在应试教育体制下女儿能否顶住压力开心长大。但这些柴米油盐酱醋茶的担忧，在外人看来都是一些甜蜜的成长烦恼了。

曾经的刘平，因为想达到一种新的高度，在工作 12 年之后，毅然辞去县城医院的工作，考入山东大学读研、读博。“我的梦想是当一名医学家”，这也就意味着他必须在学术上更有提高、临床上更有长进。

刘平的女儿（左）赴塞舌尔探亲期间与当地居民合影。
刘平说当目送女儿通过机场安检通道回国的时候，
自己有种骨肉分离的感觉

刘平现在的工作照

回归正常的工作岗位，再次置身熟悉的医疗环境、先进的医疗条件，刘平“迫不及待”地想要大展身手，多做些事情。他罗列着自己一条条的打算：要继续申请科研课题，学术方面要加大研究力度拿出几篇像样的文章，如果可能的话，希望能有自己的实验室。

“当然，所有这些都离不开服务患者、献身医学的基本路子。”而“不畏艰苦、甘于奉献、救死扶伤、大爱无疆”的中国医疗队精神，也已渗入他的血液，并将延续他未来的从医生涯。

万里结亲路，浓浓民族情

2017 年 1 月 4 日，山东大学第二医院泌尿外科葛南怀着忐忑又期待的心情踏上了南疆结亲之路。2016 年年底，根据新疆维吾尔自治区党委的要求，在全疆开展了“民族团结一家亲”活动，党员干部与困难的少数民族家庭结对认亲，葛南所在的中组部第八批援疆队伍也积极参加了这项活动。以下是葛南的结亲工作历程、生活记录以及身在他乡的点滴感受，以飨读者。

我的结亲地是南疆和田地区皮山县阔什塔格乡加依纳古特村。想着援疆期间能为边疆的稳定及民族的团结贡献一分力量，心里格外期待。

在山东已不太常见的绿皮火车是前往南疆的标配，经过 23 个小时的漫长旅程，到达了距离乌鲁木齐 2000 多公里，位于塔克拉玛干沙漠南缘的和田地区皮山县，出站后再搭乘长途车赶往阔什塔格乡。在车上就听说村里的乡亲们已经在等候了，于是顾不上旅途的劳累，在乡里匆匆吃了碗拌面，便怀着兴奋又期待的心情奔赴加依纳古特村。

到达目的地时，驻村工作组的院里已经挤满了维吾尔族老乡，一张张朴实的笑脸，一双双期盼的目光，当相互念到名字时，结对的亲戚发自内心地握手与拥抱，没有丝毫的陌生感。终于见到自己的亲戚约麦尔江，他是一个高高大大的年轻人，朴实的脸上挂着一丝腼腆的笑容，衣裳虽然破旧，但很干净，打招呼时我惊喜地发现他竟然会说一口流利的汉语，这在南疆农村中是不多见的，这使我们很快拉近了彼此的距离。

坐着三轮车，拉着我们带来的大米、面、清油、砖茶、烤鸡和馕来到约麦尔江家，房子很破旧，也没什么像样的家具，但很整洁。交谈中得知，他是大专生，毕业后短暂工作几年，失业后就回到了农村老家，妻子文化水平低，孩子还小，但他没有等靠要，而是选择了自己创业，开垦了荒地，种上小麦，并去银行贷款，买了牛羊发展畜牧养殖。虽然现在家里很穷，但他对未来充满了信心。我为他这种乐观及自强不息的精神深深感动着，我们互相留了联系方式，我告诉他创业中遇到什么困难，一定告诉我，自己一定会尽所能帮助他。

结亲过程中也走访了其他几位结亲干部的亲戚，亲戚们都热情地拉我们到维吾尔族特有的大炕上坐一坐，拿出他们最好的干果及点心招待我们，喝一碗热腾腾的清茶，临走还非要拿编织袋装上核桃让我们带上，虽然我们婉言拒绝了，但维吾尔族亲戚的朴实热情深深感染着我们，他们困难的生活状况也使我们感到我们所担负的责任重大。

临行我们与亲戚依依话别，走出了很远，亲戚们仍然在目送着我们，对我们招手。“事成于和睦，力生于团结”，愿我能为民族团结，为新疆的稳定繁荣贡献自己微薄的力量。

因为经历，所以感悟

根据中组部、教育部工作部署和安排，受山东大学、山东大学第二医院派遣，当时还是胸外科专业副主任医师的彭传亮成为第八批援疆干部。2014年9月17日，彭传亮来到新疆维吾尔自治区人民医院胸外科，担任科室副主任一职。

入疆之前，总有人问他是不是主动申请援疆的。彭传亮说，他去新疆之前内心是很复杂的，首先是父母的反对；其次是他和爱人一直两地分居10多年，孩子在济南跟着彭传亮，彭传亮走之后年迈的父母负担太重。但科室认为彭传亮是最佳人选，医院也帮彭传亮解除了后顾之忧，把他爱人安排在医院工作，在这种情况下彭传亮来到了乌鲁木齐。

自治区医院对援疆人员非常重视，特别是在生活上安排得非常周到，在汉餐厅有专人负责饮食，在医院家属院每人一套房子，在各个方面首先把安全放在第一位。尽管医院领导对援疆干部高看一眼、厚爱三分，但彭传亮始终用平常心、平等心去沟通、去交流。在医院里他行事低调，从不向组织提要求。彭传亮曾向一名14岁患脑血管瘤的维吾尔族女孩布合丽其·米合曼和一名4岁的患有眼疾的小古丽进行捐款救助治疗，从各方面维护援疆专家的形象。

相知无远近，万里尚为邻。胸外科是个民族大家庭，在这种情况下，彭传亮特别注重尊重少数民族的风俗习惯，做到不利于团结的话不说，不利于团结的事不做，行事谦虚低调，以实际行动促进民族团结。入科后，彭传亮本着学习和以民族团结为首任的态度，与科室马金山主任、努尔兰·阿汉副主任商量，根据科室的实际情况和个人的优势开展工作。虽然被任命为科室副主任，但彭传亮自觉做到到位不越位、参与不干预、干事不添事；改变自己，适应环境，在现有条件下力所能及地做一些工作，尽量不在观念上发生冲突。

援疆期间，帮助科室开展了胸腹腔镜联合食管癌切除术，取得较好的效果。

指导年轻医生在核心期刊上发表论文3篇，SCI收录论文两篇，结束了科室未曾发表过SCI论文的历史，并被《新疆医学》杂志聘为审稿专家。

援疆一年半的时间是短暂的，对于彭传亮来说，在新疆经历的一切，无论是得与失、喜与忧，还是感与悟，都是可以收获一生的。一是视野得到开阔，人生观获得升华。援疆生活，让彭传亮领略到不同民族的文化，不同地域的风情，让他学会用不同的视角看待、思考问题，能有机会在这样的环境中锻炼自己、去体会我们想不到的东西很是难得。“生命不是一场赛跑，而是一次旅行，比赛在乎终点，而旅行在乎沿途风景”。为自己在人生的旅途中经历如此灿烂风景而感到自豪；二是获取当地医生的尊重和友谊，丰富人生阅历。而今，彭传亮有幸成为新一代的援疆人，从出发前的揣测与憧憬，初到时的新奇与感慨，经历中的困惑与泰然，到离别时的唏嘘与不舍，思想因经历而成熟，人生因收获而感悟。

屯垦戍边，见证大医精诚

2018 年 12 月 25 日，作为中组部、团中央第 19 批博士服务团的一员，山东大学第二医院心血管内科副主任医师王娟踏上援疆工作的新征程，在一年的时间里，她担任新疆建设兵团第十师卫生局副局长及北屯市医院副院长，两个多月的时间，她已经深深融入和适应到新的工作环境中，各项工作全面展开。

“大漠白纸赋华章，汗滴黄沙泼墨香。一代英雄五湖来，屯垦戍边建家乡。”王娟带着组织交付的重任和山东大学第二医院领导的嘱托、同事及亲人的期盼，从济南飞越 3500 公里的路程，第一次来到新疆。抵达后，通过参观军垦博物馆，接受兵团精神教育，26 名博士团成员被老一辈兵团人艰苦奋斗、无私奉献、扎根兵团、屯垦戍边的精神打动和激励着，各自奔赴新的工作岗位。

坦白说，在正式接受了挂职管理岗位的任命后，王娟心里更多的是对工作的担忧和茫然。因为她深知仅有满腔的工作热情是不够的，因为不仅要承担熟悉的心内科专业诊疗工作，还要学习管理工作。即便如此，王娟心里牢牢记得：常学常新和知行合一。这让她有了把事情做好的信心。

经过简短时间的熟悉环境、学习制度流程，王娟很快进入新岗位、融入新环境，参加兵团组织及十师卫生局、医院各项会议和学习，参加医院行政交班会及每周例会，协助分管医院质控检查工作，为医院发展献言献策，参与医院三甲评审的评优及医院职工代表大会召开等工作。

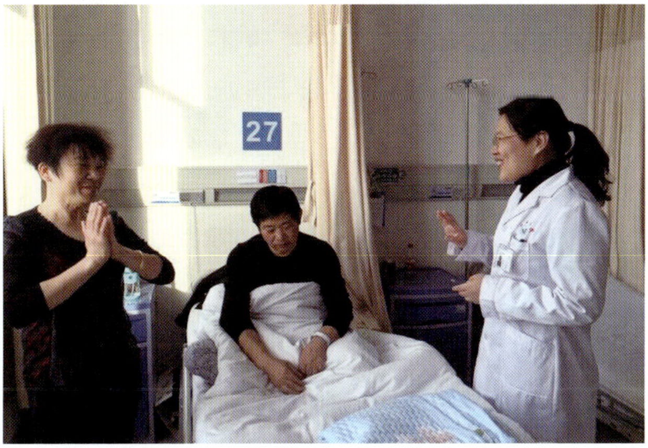

在医院顺利通过兵团三甲评审之际，围绕医院重点工作及自己的专业特长，王娟负责和参与心内科重点科室的创建工作，参与危重病例抢救及疑难病例讨论，协助并配合完成急症和常规介入手术，指导心内科年轻医师完成心包穿刺手术，明确病人结核性心包炎的诊断，填补科室空白。每周查房 2 次以上，组织科室学习讲座 1 次以上，组织疑难危重病例讨论，加强青年医师的规范诊疗及三基三严的培训，重视多学科综合会诊，真正塑造博士团在十师的山大二院名片。

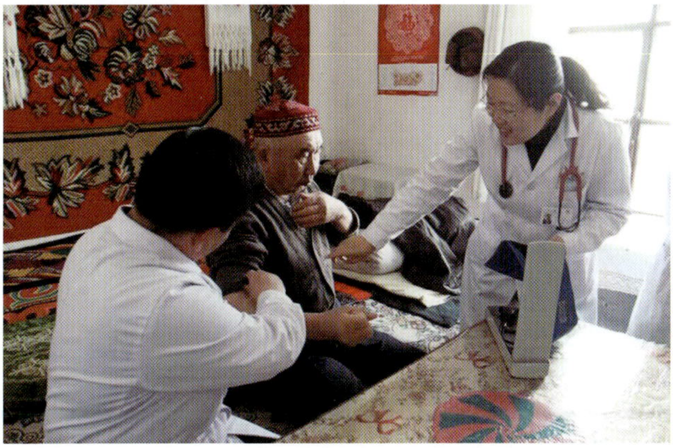

王娟表示，“援疆工作不仅是一次成长的历练，一份沉甸甸的责任，更是一种不断进取的精神和一笔厚重的人生财富，它见证着家人和我的共同成长。”

王娟9岁的儿子在学校征文《我的成长故事》里写道：“妈妈会不在我的身边好长一段时间，我告诉妈妈不要总是牵挂我和妹妹，我已经是三年级的少先队员啦！我会学着自己照顾自己，好好听老师讲课，考出最好成绩让妈妈放心！我告诉自己当好大哥哥，听爸爸的话，帮助照顾好我的妹妹，给她讲我学过的课文中的故事，她想妈妈的时候就给妈妈视频，让妈妈不要总是想念我们……”

“你已失去了左眼，不能再让你失掉右眼”

阿孜古丽·阿吾提，新疆喀什岳普湖县的一位26岁农家姑娘。因为先天原因，她的左眼已经失明25年。直到15岁那年，父母才带她到医院诊治，不过那时她的另一只眼也几乎看不清了。手术后，阿孜古丽·阿吾提曾获得过短暂光明。2018年11月14日，带着两只近乎看不清的眼睛，她哭着向山东大学第二医院的援疆眼科教授张晗发出呼喊：“我想看清楚我的儿子”。

“我们的儿子2岁，她还年轻，渴望看清楚可爱的儿子。听说山东有专家过来，免费给我们做手术，她高兴坏了。”阿孜古丽·阿吾提的丈夫说，她今年才26岁，两个眼睛都看不清，她非常着急，已经很久没见到她笑了。

据了解，阿孜古丽·阿吾提1岁的时候，左眼坏掉了。由于家境贫困，父母直到她15岁那年才带她去医院诊治，不过那个时候她的另一只眼也因为白内障几乎失去了光明。经过一次手术，她曾有过几年的短暂光明。但最近几年，她的两只眼睛都再次恶化。“哪怕一只眼睛能有好转，她也会高兴起来。”阿孜古丽·阿吾提的丈夫说。

让阿孜古丽·阿吾提和她的丈夫没有想到的是，作为此次岳普湖县第25例援助患者，阿孜古丽·阿吾提的白内障手术只用了不到两分钟，就顺利做完了。

但就在这短短的两分钟里，张晗教授碰到了白内障手术过程中的一个“雷”——先天性眼珠震颤。也就是说，患者想让眼珠往左看，眼珠会很不听使唤地往右看去。这无疑给手术带来巨大挑战。张晗表示，其实，白内障手术就是在眼角膜上划开一道缝隙，将人工晶体替换已经坏掉的自带晶体。如果在这个过程中，患者无法控制自己的眼珠，就会给手术带来困难。

“这个说难也不难，但手术时的力道要刚刚好。力量大了，会刺激患者，力道小了，就无法控制住她的震颤，导致手术失败。”张晗说，这只眼睛是她唯一的希望。治好了，她还能下地干活，打理家务。治不好，她就是一个盲人。

这对一个 26 岁的年轻人、对一个 2 岁宝宝的母亲、对一个爱她的丈夫来说，太残忍了。

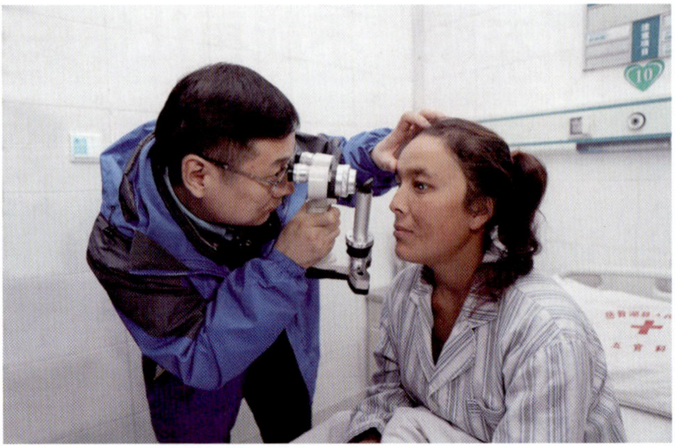

“阿孜古丽 · 阿吾提，你已失去了左眼，我们不能再让你失掉右眼。”张晗说，当他第二天给阿孜古丽 · 阿吾提摘下纱布的那一刻，她笑了，笑得很灿烂。那一刻，张晗放心了，因为这证明手术成功了。

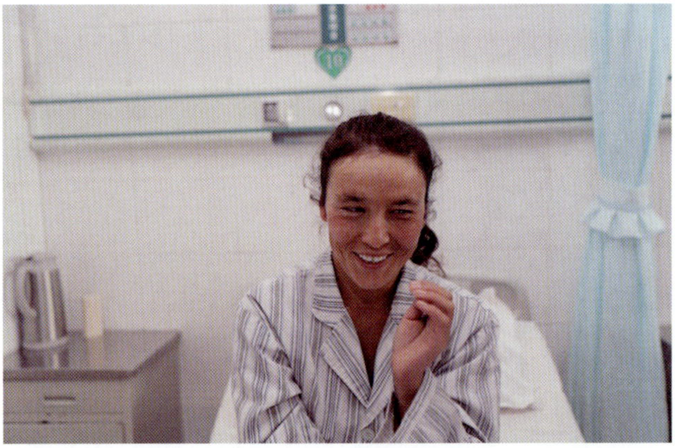

紧接着，阿孜古丽 · 阿吾提用唯一能看清的右眼，艰难地克服眼珠震颤带来的不便，看向张晗，嘴里挤出她唯一会说的两个汉字“谢谢”。

那一刻，即将入冬的岳普湖县人民医院眼科病房暖暖的，除了眼泪，没有别的。